SPANISH SHORT STORIES · 1
CUENTOS HISPÁNICOS · 1

Edited by Jean Franco

PENGUIN BOOKS

PENGUIN BOOKS

Published by the Penguin Group
Penguin Books Ltd, 80 Strand, London WC2R 0RL, England
Penguin Putnam Inc., 375 Hudson Street, New York, New York 10014, USA
Penguin Books Australia Ltd, 250 Camberwell Road, Camberwell, Victoria 3124, Australia
Penguin Books Canada Ltd, 10 Alcorn Avenue, Toronto, Ontario, Canada M4V 3B2
Penguin Books India (P) Ltd, 11 Community Centre, Panchsheel Park, New Delhi – 110 017, India
Penguin Books (NZ) Ltd, Cnr Rosedale and Airborne Roads, Albany, Auckland, New Zealand
Penguin Books (South Africa) (Pty) Ltd, 24 Sturdee Avenue, Rosebank 2196, South Africa

Penguin Books Ltd, Registered Offices: 80 Strand, London WC2R 0RL, England

www.penguin.com

First published 1966

39

Copyright © Penguin Books, 1966
All rights reserved

Set in Baskerville Monotype
Printed in England by Clays Ltd, St Ives plc

ISBN-13: 978–0–140–02500–2
ISBN-10: 0–140–02500–6

CONTENTS

INTRODUCTION

Of the eight short stories in this collection, seven come from
Spanish America, one from Spain. The preponderance of
stories from outside the Peninsula is not surprising. There
are nineteen Spanish-speaking countries in the New World
and many more stories are written there than in Spain itself;
in addition, the short story has been cultivated more per-
sistently by Spanish-American writers, many of whom have
preferred this form to the novel. Despite the predominantly
American bias, however, readers will not find the language
of these stories very different from that of Peninsular writing.
There are a few local expressions which would not be used in
Spain, some regional vocabulary; these are indicated in the
notes. In general, however, the language is remarkably free
from purely regional terms. In this, the stories are representative of the most recent trend in Spanish-American
writing, which is towards the use of a generally comprehen-
sible Spanish in reaction against the regionalism of the nineteen twenties and thirties with its emphasis on local colour
and dialect. The stories are printed roughly in order of
difficulty and the translations follow the original word-order
as closely as possible. However, since Spanish is an extremely
flexible language, it has not always been possible to convey
the sense in elegant English. In such cases, the notes give the
literal meaning.

Though Spain and Spanish America have a common language, there are very great differences in their literatures.
The first three decades of this century in Spain saw the
emergence of Pérez de Ayala, of Unamuno, Valle-Inclán
and Gabriel Miró, all of them outstanding novelists, all
highly individual in their approach to their art. The
Civil War formed a watershed in artistic life partly because many artists and writers emigrated but also because

7

the experience itself was so shattering to those who went through it. The first post-war novelist to emerge as an outstanding figure was CAMILO JOSÉ CELA, the only Spanish writer represented in this selection. He is first and foremost a novelist, but *La Romería,* the story chosen for this volume, is a good example of his black humour and his scathing attitude towards his fellows. And it is not untypical of the disabused naturalism of much post-Civil-War writing.

The themes and forms of the short story in Spanish America have been very much influenced by certain perennial problems which have their roots in the social structure and in the historical formation of the Republics. Anyone familiar with the history of the Continent will have been struck by the fact that the same problems seem to occur again and again in different forms. And the same is true in literature. In the nineteenth century, for instance, and especially in the years immediately following the declaration of Independence from Spain, the great demand was for an original literature, one which would express the spirit of the new Republics and would deal with specifically American themes. The fulfilment of this programme proved far from easy. Writers were faced with tremendous practical problems, for the publishing trade was in its infancy, readership for native literature was very small, and the urban intellectual was isolated from the masses of his countrymen, most of whom were illiterate. In addition, the disturbed political situation meant that the intellectual often felt that there were more immediate and pressing demands than those of literature. 'Literature is for the idle and for those who have completed their life's work', one nineteenth-century thinker wrote. Many other writers believed that literature must have an overt didactic or political purpose and that writing should be an instrument of social progress.

These problems have not entirely disappeared from the American scene today; as recently as 1962, MARIO BENEDETTI declared that it was impossible for a Uruguayan writer to live by his craft, and he complained also of the

lack of a mass readership. The Spanish-American writer today, as in the nineteenth century, feels that he has a responsibility towards his country; at the same time he has a deep sense of isolation.

Most Spanish-American writers think of themselves as belonging to Western culture, for they generally live in big cities with close links with Europe and North America, and are familiar with all the latest literary movements from abroad. In countries where publishing and printing are still in their infancy, the imported book fills a need in the cultural life of the nation. The temptation to imitate European literary movements is therefore great, and even where the writer is talented and strong-willed enough to resist this temptation, he may deliberately choose to write for an international public and therefore to deal with those themes which are common to all countries. On the other hand, there is the equally great temptation to exploit the exotic aspects of Spanish-American life, those which are most different from Western culture. At its worst this tendency may be simply a short cut to originality and may lack any authenticity. Those aspects of Spanish-American life which are most different from Western culture are to be found in remote rural communities, amongst the Indian races of the Andes or Central America or among the inhabitants of inhospitable jungle or desert regions. In the nineteen twenties and thirties there was a strong tendency to believe that Spanish-American literature should deal with ways of life exclusive to America. The predominant theme of the novel and the short story at this period was man's struggle against nature in the jungle or the pampa, or the social injustices suffered by the Indians or the plantation workers. But since the 1940s, writers have increasingly rejected regionalism. They have pointed out that the bulk of the population live in great urban conglomerations, so that regional literature is not even representative; secondly they point out that the regionalist novel and short story tend to harp monotonously on the same themes. For this reason, the present selection, which only includes the work

of contemporary writers, contains stories with predominantly urban themes or themes common to most Western
countries. Indeed, the Argentinian writer JORGE LUIS
BORGES was one of the first to criticize the identification
of an original American literature with a regional literature.
His story, *Emma Zunz*, is a good example of his own reso-
lution of the problem. The story is very precisely located in
the town of Buenos Aires; the action moves between the
suburbs and the dockland area, and the main character is
a second-generation immigrant and therefore very typical
of the city. Yet the theme of the story does not depend on
its setting, for it shows how facts can be staged or falsified.
It is thus an intellectual problem designed to shake the
reader's regard for truth based on factual evidence alone.
And the plot is readily understandable by anyone familiar
with Western thought. The Uruguayan writer, JUAN
CARLOS ONETTI, also deals with an experience familiar to
any Western reader – that of human isolation and suffering.

In *Bienvenido, Bob*, the two main characters – Bob and the
narrator – are isolated from one another because they be-
long to different generations. The former is a young man,
the latter a man already resigned, disillusioned and
'mature'. Only when Bob has been broken into maturity
by time (a third character in the story) and by his experiences, can there be any communication between the
two. Two other Uruguayan writers, CARLOS MARTÍNEZ
MORENO and MARIO BENEDETTI, both deal with the
typical inhabitants of Montevideo, although there is nothing unfamiliar to the European reader in these types or in
their problems. The characters of BENEDETTI's *El
presupuesto* are trapped in the absurd routine of the government office where they are enslaved to the whims of the
bureaucracy. And in *Paloma*, CARLOS MARTÍNEZ
MORENO presents us with a retired civil servant whose
lifetime frustrations culminate in an act of rebellion in
which, paradoxically, he destroys what he most prizes.
Human absurdity is also the theme of HECTOR MURENA'S

El coronel de caballería. Murena borrows the form of the mystery story, which is very popular among Argentinian writers, to present us with a more serious theme. In his story, he uncovers the absurd and pitiful human personalities beneath the disciplined exteriors of army officers who are attending the funeral of one of their comrades. MURENA's device of using a devilish visitor to disturb the proceedings allows him to comment on the contrast between man's natural slavishness and the dignity and pride which conventions and discipline impose.

Only two stories, those by JUAN RULFO and GABRIEL GARCÍA MÁRQUEZ, seem to be of a regional nature. Both are set in remote country areas, one in Mexico and the other in Colombia. At first sight, GARCÍA MÁRQUEZ appears to deal with a theme familiar in the writings of the twenties and thirties – the impact of nature on human character. But he uses his setting with great profundity to show the way heavy and continual rains upset the sense perceptions of his characters until all notion of time and space break down. JUAN RULFO's characters are a very Mexican combination of superstition, cruelty and fatalism, but again, though the settings are localized, the passions which are described are universal.

It is unfortunate that this selection can include only a small number of writers but perhaps it will convey some idea of the diversity and interest of the modern story in Spain and in Spanish America.

I have to thank the following for their help: Alfa Publishing House, Montevideo, for permission to include *El presupuesto* and *Paloma*, Emecé Publishers for permission to include *El coronel de caballería* and *Emma Zunz*, Camilo José Cela for permission to reprint *La romería*, Carmen Balcells for permission to use *Monólogo de Isabel viendo llover en Macondo*, Juan Carlos Onetti for permission to include *Bienvenido, Bob*, Fondo de Cultura Económica and University of Texas Press for *Talpa*.
Emma Zunz, translated by Donald A. Yates, from

INTRODUCTION

EMMA ZUNZ

JORGE LUIS BORGES

Translated by Donald A. Yates

EMMA ZUNZ

El catorce de enero de 1922, Emma Zunz, al volver de la fábrica de tejidos Tarbuch y Loewenthal, halló en el fondo del zaguán una carta, fechada en el Brasil, por la que supo[1] que su padre había muerto. La engañaron, a primera vista, el sello y el sobre; luego, la inquietó la letra desconocida. Nueve o diez líneas borroneadas querían colmar la hoja; Emma leyó que el señor Maier había ingerido por error una fuerte dosis de veronal y había fallecido el tres del corriente en el hospital de Bagé.[2] Un compañero de pensión de su padre firmaba la noticia, un tal Fein o Fain, de Río Grande,[3] que no podía saber que se dirigía a la hija del muerto.

Emma dejó caer el papel. Su primera impresión fue de malestar en el vientre y en las rodillas; luego de ciega culpa, de irrealidad, de frío, de temor; luego, quiso ya estar en el día siguiente. Acto continuo[4] comprendió que esa voluntad era inútil porque la muerte de su padre era lo único que había sucedido en el mundo, y seguiría sucediendo sin fin. Recogió el papel y se fue a su cuarto. Furtivamente lo guardó en un cajón, como si de algún modo ya conociera los hechos ulteriores. Ya había empezado a vislumbrarlos, tal vez; ya era la que sería.

En la creciente oscuridad, Emma lloró hasta el fin de aquel día el suicidio de Manuel Maier, que en los antiguos días felices fue Emanuel Zunz. Recordó veraneos en una chacra, cerca de Gualeguay,[5] recordó (trató de recordar) a su madre, recordó la casita de Lanús[6] que les remataron, recordó los amarillos losanges de una ventana, recordó el auto de prisión, el oprobio, recordó los anónimos con el suelto sobre «el desfalco del cajero»,

EMMA ZUNZ

On the fourteenth of January, 1922, when she returned home from the Tarbuch and Loewenthal textile mills, Emma Zunz discovered in the rear of the entrance hall a letter, posted in Brazil, which informed her that her father had died. The stamp and the envelope deceived her at first; then the unfamiliar handwriting made her uneasy. Nine or ten scribbled words tried to fill up the page; Emma read that Mr Maier had taken by mistake a large dose of veronal and had died on the third of the month in the hospital of Bagé. A boarding-house friend of her father had signed the letter, some Fein or Fain, from Río Grande, with no way of knowing that he was addressing the deceased's daughter.

Emma dropped the piece of paper. Her first impression was of a weak feeling in her stomach and in her knees; then of blind guilt, of unreality, of coldness, of fear; then she wished that it were already the next day. Immediately afterwards she realized that that wish was futile because the death of her father was the only thing that had happened in the world, and it would go on happening endlessly. She picked up the paper and went to her room. Furtively, she hid it in a drawer, as if somehow she already knew the subsequent facts. She had already begun to suspect them, perhaps; she had already become the person she would be.

In the growing darkness, Emma wept until the end of that day for the suicide of Manuel Maier, who in the old happy days was Emanuel Zunz. She remembered summer vacations at a little farm near Gualeguay, she remembered (tried to remember) her mother, she remembered the little house at Lanús which had been auctioned off, she remembered the yellow lozenges of a window, she remembered the warrant for arrest, the ignominy, she

recordó (pero eso jamás lo olvidaba) que su padre, la última noche, le había jurado que el ladrón era Loewenthal. Loewenthal, Aarón Loewenthal, antes gerente de la fábrica y ahora uno de los dueños. Emma, desde 1916, guardaba el secreto. A nadie se lo había revelado, ni siquiera a su mejor amiga, Elsa Urstein. Quizá rehuía la profana incredulidad; quizá creía que el secreto era un vínculo entre ella y el ausente. Loewenthal no sabía que ella sabía; Emma Zunz derivaba de ese hecho ínfimo un sentimiento de poder.

No durmió aquella noche, y cuando la primera luz definió el rectángulo de la ventana, ya estaba perfecto su plan.[7] Procuró que ese día, que le pareció interminable, fuera como los otros. Había en la fábrica rumores de huelga; Emma se declaró, como siempre, contra toda violencia. A las seis, concluido el trabajo, fue con Elsa a un club de mujeres, que tiene gimnasio y pileta. Se inscribieron; tuvo que repetir y deletrear su nombre y su apellido, tuvo que festejar las bromas vulgares que comentan la revisación. Con Elsa y con la menor de las Kronfuss discutió a qué cinematógrafo irían el domingo a la tarde. Luego, se habló de novios[8] y nadie esperó que Emma hablara. En abril cumpliría diecinueve años, pero los hombres le inspiraban, aún, un temor casi patológico ... De vuelta, preparó una sopa de tapioca y unas legumbres, comió temprano, se acostó y se obligó a dormir. Así, laborioso y trivial, pasó el viernes quince, la víspera.

El sábado, la impaciencia la despertó. La impaciencia, no la inquietud, y el singular alivio de estar en aquel día, por fin. Ya no tenía que tramar y que imaginar; dentro de algunas horas alcanzaría la simplicidad de los hechos. Leyó en *La Prensa* que el *Nordstjärnan*, de Malmö, zarparía esa noche del dique 3; llamó por teléfono a

remembered the poison-pen letters with the newspaper's account of 'the cashier's embezzlement', she remembered (but this she never forgot) that her father, on the last night, had sworn to her that the thief was Loewenthal. Loewenthal, Aaron Loewenthal, formerly the manager of the factory and now one of the owners. Since 1916 Emma had guarded the secret. She had revealed it to no one, not even to her best friend, Elsa Urstein. Perhaps she was rejecting profane incredulity; perhaps she believed that the secret was a link between herself and the absent parent. Loewenthal did not know that she knew; Emma Zunz derived from this slight fact a feeling of power.

She did not sleep that night, and when the first light of dawn defined the rectangle of the window, her plan was already perfected. She tried to make the day, which seemed interminable to her, like any other. At the factory there were rumours of a strike. Emma declared herself, as usual, against all violence. At six o'clock, with work over, she went with Elsa to a women's club that had a gymnasium and a swimming-pool. They signed their names; she had to repeat and spell out her first and her last name, she had to respond to the vulgar jokes that accompanied the medical examination. With Elsa and with the youngest of the Kronfuss girls she discussed what movie they would go to on Sunday afternoon. Then they talked about boy-friends and no one expected Emma to speak. In April she would be nineteen years old, but men inspired in her, still, an almost pathological fear. ... Having returned home, she prepared a tapioca soup and a few vegetables, ate early, went to bed and forced herself to sleep. In this way, laborious and trivial, elapsed Friday the fifteenth, the day before the event.

On Saturday impatience awoke her. Impatience it was, not uneasiness, and the special relief of its being that day at last. No longer did she have to plan and imagine; within a few hours she would attain the simplicity of facts. She read in *La Prensa* that the *Nordstjärnan*, out of Malmö, would sail that evening from Dock 3. She phoned Loewenthal,

Loewenthal, insinuó que deseaba comunicar, sin que lo supieran las otras, algo sobre la huelga y prometió pasar por el escritorio, al oscurecer. Le temblaba la voz; el temblor convenía a una delatora. Ningún otro hecho memorable occurió esa mañana. Emma trabajó hasta las doce y fijó con Elsa y con Perla Kronfuss los pormenores del paseo del domingo. Se acostó después de almorzar y recapituló, cerrados los ojos, el plan que había tramado. Pensó que la etapa final sería menos horrible que la primera y que le depararía, sin duda, el sabor de la victoria y de la justicia. De pronto, alarmada, se levantó y corrió al cajón de la cómoda. Lo abrió; debajo del retrato de Milton Sills, donde la había dejado la antenoche, estaba la carta de Fain. Nadie podía haberla visto; la empezó a leer y la rompió.

Referir con alguna realidad los hechos de esa tarde sería difícil y quizá improcedente. Un atributo de lo infernal es la irrealidad, un atributo que parece mitigar sus terrores y que los agrava tal vez. ¿Cómo hacer verosímil una acción en la que casi no creyó quien la ejecutaba, cómo recuperar ese breve caos que hoy la memoria de Emma Zunz repudia y confunde? Emma vivía por Almagro, en la calle Liniers; nos consta que esa tarde fue al puerto. Acaso en el infame Paseo de Julio⁹ se vió multiplicada en espejos, publicada por luces y desnudada por los ojos hambrientos, pero más razonable es conjeturar que al principio erró, inadvertida, por la indiferente recova . . . Entró en dos o tres bares, vio la rutina o los manejos de otras mujeres. Dio al fin con hombres del *Nordstjärnan*. De uno, muy joven, temió que le inspirara alguna ternura y optó por otro, quizá más bajo que ella y grosero, para que la pureza del horror no fuera mitigada. El hombre la condujo a una puerta y después a un turbio zaguán y después a una escalera tortuosa y después a un vestíbulo (en el que había una vidriera con losanges idénticos a los de la casa en Lanús) y después a un pasillo y después a una puerta que se cerró. Los hechos graves están fuera del tiempo, ya porque en

insinuated that she wanted to confide in him, without the other girls knowing, something pertaining to the strike; and she promised to stop by at his office at nightfall. Her voice trembled; the tremor was suitable to an informer. Nothing else of note happened that morning. Emma worked until twelve o'clock and then settled with Elsa and Perla Kronfuss the details of their Sunday stroll. She lay down after lunch and reviewed, with her eyes closed, the plan she had devised. She thought that the final step would be less horrible than the first and that it would doubtlessly afford her the taste of victory and justice. Suddenly, alarmed, she got up and ran to the dresser drawer. She opened it; beneath the picture of Milton Sills, where she had left it the night before, was Fain's letter. No one could have seen it; she began to read it and tore it up.

To relate with some reality the events of that afternoon would be difficult and perhaps unrighteous. One attribute of a hellish experience is unreality, an attribute that seems to allay its terrors and which aggravates them, perhaps. How could one make credible an action which was scarcely believed in by the person who executed it, how could one recover that brief chaos which today the memory of Emma Zunz repudiates and confuses? Emma lived in Almagro, on Liniers Street: we are certain that in the afternoon she went down to the waterfront. Perhaps on the infamous Paseo de Julio she saw herself multiplied in mirrors, revealed by lights and denuded by hungry eyes, but it is more reasonable to suppose that at first she wandered, unnoticed, through the indifferent portico . . . She entered two or three bars, noted the routine or technique of the other women. Finally she came across men from the *Nordstjärnan*. One of them, very young, she feared might inspire some tenderness in her and she chose instead another, perhaps shorter than she and coarse, in order that the purity of the horror might not be mitigated. The man led her to a door, then to a murky entrance hall and afterwards to a winding stairway and then a vestibule (in which there was a window with lozenges identical to those in the house at Lanús)

ellos el pasado inmediato queda como tronchado del porvenir, ya porque no parecen consecutivas las partes que los forman.

¿En aquel tiempo fuera del tiempo, en aquel desorden perplejo de sensaciones inconexas y atroces, pensó Emma Zunz *una sola vez* en el muerto que motivaba el sacrificio? Yo tengo para mí que pensó una vez y que en ese momento peligró su desesperado propósito. Pensó (no pudo no pensar) que su padre le había hecho a su madre la cosa horrible que a ella ahora le hacían. Lo pensó con débil asombro y se refugió, en seguida, en el vértigo. El hombre, sueco o finlandés, no hablaba español; fue una herramienta para Emma como ésta lo fue para él, pero ella sirvió para el goce y él para la justicia.

Cuando se quedó sola, Emma no abrió en seguida los ojos. En la mesa de luz estaba el dinero que había dejado el hombre: Emma se incorporó y lo rompió como antes había roto la carta. Romper dinero es una impiedad, como tirar el pan; Emma se arrepintió, apenas lo hizo. Un acto de soberbia y en aquel día... El temor se perdió en la tristeza de su cuerpo, en el asco. El asco y la tristeza la encadenaban, pero Emma lentamente se levantó y procedió a vestirse. En el cuarto no quedaban colores vivos; el último crepúsculo se agravaba. Emma pudo salir sin que la advirtieran; en la esquina subió a un Lacroze[10], que iba al oeste. Eligió, conforme a su plan, el asiento más delantero, para que no le vieran la cara. Quizá le confortó verificar, en el insípido trajín de las calles, que lo acaecido no había contaminado las cosas. Viajó por barrios decrecientes y opacos, viéndolos y olvidándolos en el acto, y se apeó en una de las bocacalles de Warnes. Paradójicamente su fatiga venía a ser una fuerza, pues la obligaba a concentrarse en los pormenores de la aventura y le ocultaba el fondo y el fin.

and then to a passageway and then to a door which was closed behind her. Serious events are outside time, either because the immediate past is as if disconnected from the future, or because the parts which form these events do not seem to be consecutive.

During that time outside of time, in that perplexing disorder of disconnected and atrocious sensations, did Emma Zunz think *even once* about the dead man who motivated the sacrifice? It is my belief that she did think once, and in that moment she endangered her desperate undertaking. She thought (she was unable not to think) that her father had done to her mother the hideous thing that was being done to her now. She thought of it with weak amazement and took refuge, quickly, in vertigo. The man, a Swede or Finn, did not speak Spanish. He was an instrument for Emma, as she was for him, but she served him for pleasure whereas he served her for justice.

When she was alone, Emma did not immediately open her eyes. On the little night-table was the money that the man had left: Emma sat up and tore it to pieces as before she had torn the letter. Tearing up money is an impiety, like throwing away bread; Emma repented the moment after she did it. An act of pride and on that day ... Her fear was lost in the grief of her body, in her disgust. Grief and nausea were chaining her, but Emma slowly got up and proceeded to dress herself. In the room there were no longer any bright colours; the last light of dusk was weakening. Emma was able to leave without anyone seeing her; at the corner she got on a Lacroze streetcar heading west. She selected, in keeping with her plan, the seat farthest towards the front, so that her face would not be seen. Perhaps it comforted her to verify in the rapid movement along the streets that what had happened had not contaminated things. She rode through the diminishing opaque suburbs, seeing them and forgetting them at the same instant, and alighted at one of the side streets of Warnes. Paradoxically her fatigue was turning out to be a strength, since it obliged her to concentrate on the details of the adventure and concealed from her the background and the objective.

Aarón Loewenthal era, para todos, un hombre serio; para sus pocos íntimos, un avaro.. Vivía en los altos de la fábrica, solo. Establecido en el desmantelado arrabal, temía a los ladrones; en el patio de la fábrica había un gran perro y en el cajón de su escritorio, nadie lo ignoraba, un revólver. Había llorado con decoro, el año anterior, la inesperada muerte de su mujer – una Gauss, que le trajo una buena dote – pero el dinero era su verdadera pasión. Con íntimo bochorno se sabía menos apto para ganarlo que para conservarlo. Era muy religioso; creía tener con el Señor un pacto secreto, que lo eximía de obrar bien, a trueque de oraciones y devociones. Calvo, corpulento, enlutado, de quevedos ahumados y barba rubia, esperaba de pie, junto a la ventana, el informe confidencial de la obrera Zunz.

La vio empujar la verja (que él había entornado a propósito) y cruzar el patio sombrío. La vio hacer un pequeño rodeo cuando el perro atado ladró. Los labios de Emma se atareaban como los de quien reza en voz baja; cansados, repetían la sentencia que el señor Loewenthal oiría antes de morir.

Las cosas no ocurrieron como había previsto Emma Zunz. Desde la madrugada anterior, ella se había soñado muchas veces, dirigiendo el firme revólver, forzando al miserable a confesar la miserable culpa y exponiendo la intrépida estratagema que permitiría a la Justicia de Dios triunfar de la justicia humana. (No por temor, sino por ser un instrumento de la Justicia, ella no quería ser castigada.) Luego, un solo balazo en mitad del pecho rubricaría la suerte de Loewenthal. Pero las cosas no occurrieron así.

Ante Aarón Loewenthal, más que la urgencia de vengar a su padre, Emma sintió la de castigar el ultraje padecido por ello. No podía no matarlo, después de esa minuciosa deshonra. Tampoco tenía tiempo que perder en teatralerías. Sentada, tímida, pidió excusas a Loewenthal, invocó (a fuer de delatora) las obligaciones de la lealtad, pronunció algunos nombres, dio a entender otros

Aaron Loewenthal was to all persons a serious man, to his intimate friends a miser. He lived above the factory, alone. Situated in the barren outskirts of the town, he feared thieves; in the yard of the factory there was a large dog and in the drawer of his desk, everyone knew, a revolver. He had decently mourned, the year before, the unexpected death of his wife – a Gauss, who had brought him a fine dowry – but money was his real passion. With inward embarrassment, he knew himself to be less apt at earning it than at saving it. He was very religious; he believed he had a secret pact with God, which exempted him from doing good, in exchange for prayers and piety. Bald, fat, wearing the band of mourning, with smoked glasses and blond beard, he was standing next to the window awaiting the confidential report of employee Zunz.

He saw her push the iron gate (which he had left open for her) and cross the gloomy yard. He saw her make a little detour when the chained dog barked. Emma's lips were moving rapidly, like those of someone praying in a low voice; weary, they were repeating the sentence which Mr Loewenthal would hear before dying.

Things did not happen as Emma Zunz had anticipated. Ever since the morning before, she had many times imagined herself wielding the firm revolver, forcing the wretched creature to confess his wretched guilt and exposing the daring stratagem which would permit the Justice of God to triumph over human justice. (Not out of fear but because of being an instrument of Justice she did not want to be punished.) Then, one single shot in the centre of his chest would seal Loewenthal's fate. But things did not happen that way.

In Aaron Loewenthal's presence, more than the urgency of avenging her father, Emma felt the need of inflicting punishment for the outrage she had suffered. She was unable not to kill him after that thorough dishonour. Nor did she have time to spare for histrionics. Sitting down, timidly, she made excuses to Loewenthal, she invoked (as a privilege of the informer) the obligation of loyalty, uttered a few

y se cortó como si la venciera el temor. Logró que Loewenthal saliera a buscar una copa de agua. Cuando éste, incrédulo de tales aspavientos, pero indulgente, volvió del comedor, Emma ya había sacado del cajón el pesado revólver. Apretó el gatillo dos veces. El considerable cuerpo se desplomó como si los estampidos y el humo lo hubieran roto, el vaso de agua se rompió, la cara la miró con asombro y cólera, la boca de la cara la injurió en español y en ídisch. Las malas palabras no cejaban; Emma tuvo que hacer fuego otra vez. En el patio, el perro encadenado rompió a ladrar, y una efusión de brusca sangre manó de los labios obscenos y manchó la barba y la ropa. Emma inició la acusación que tenía preparada («He vengado a mi padre y no me podrán castigar . . .»), pero no la acabó, porque el señor Loewenthal ya había muerto. No supo nunca si alcanzó a comprender.

Los ladridos tirantes le recordaron que no podía, aún, descansar. Desordenó el diván, desabrochó el saco del cadáver, le quitó los quevedos salpicados y los dejó sobre el fichero. Luego tomó el teléfono y repitió lo que tantas veces repetiría, con esas y con otras palabras: *Ha ocurrido una cosa que es increíble. . . . El señor Loewenthal me hizo venir con el pretexto de la huelga. . . . Abusó de mí, lo maté. . . .*

La historia era increíble, en efecto, pero se impuso a todos, porque sustancialmente era cierta. Verdadero era el tono de Emma Zunz, verdadero el pudor, verdadero el odio. Verdadero también era el ultraje que había padecido; sólo eran falsas las circunstancias, la hora y uno o dos nombres propios.

names, implied others and broke off as if fear had conquered her. She managed to have Loewenthal leave to get a glass of water for her. When the latter, unconvinced by such a fuss but indulgent, returned from the dining-room, Emma had already taken the heavy revolver out of the drawer. She squeezed the trigger twice. The large body collapsed as if the reports and the smoke had shattered it, the glass of water smashed, the face looked at her with amazement and anger, the mouth of the face swore at her in Spanish and Yiddish. The evil words did not slacken; Emma had to fire again. In the yard the chained dog broke out into barking, and a gush of rude blood flowed from the obscene lips and soiled the beard and the clothing. Emma began the accusation she had prepared ('I have avenged my father and they will not be able to punish me ...'), but she did not finish it, because Mr Loewenthal had already died. She never knew if he managed to understand.

The straining barks reminded her that she could not, yet, rest. She disarranged the divan, unbuttoned the dead man's jacket, took off the bespattered glasses and left them on the filing-cabinet. Then she picked up the telephone and re-peated what she would repeat so many times again, with these and with other words: *Something incredible has happened ... Mr Loewenthal made me come over on the pretext of the strike ... He abused me, I killed him ...*

Actually the story *was* incredible, but it impressed every-one because substantially it was true. True was Emma Zunz' tone, true was her shame, true was her hate. True also was the outrage she had suffered: only the circum-stances were false, the time, and one or two proper names.

THE BUDGET
MARIO BENEDETTI

Translated by Gerald Brown

EL PRESUPUESTO [1]

En nuestra oficina regía el mismo presupuesto desde el
año mil novecientos veintitantos, o sea desde una época
en que la mayoría de nosotros estábamos luchando con la
geografía y con los quebrados. Sin embargo, el Jefe se
acordaba del acontecimiento y a veces, cuando el trabajo
disminuía, se sentaba familiarmente sobre uno de nuestros escritorios, y así, con las piernas [2] colgantes que mostraban después del pantalón unos inmaculados calcetines
blancos, nos relataba con su vieja emoción y las quinien-
tas noventa y ocho palabras de costumbre, el lejano y
magnífico día en que su jefe – él era entonces Oficial
Primero – le había palmeado el hombro y le había dicho:
«Muchacho, tenemos presupuesto nuevo», con la sonrisa
amplia y satisfecha del que ya ha calculado cuántas
camisas podrá comprar con el aumento.

Un nuevo presupuesto es la ambición máxima de una
oficina pública. Nosotros sabíamos que otras dependencias de personal más numeroso que la nuestra, habían
obtenido presupuesto cada dos o tres años. Y las mirábamos desde nuestra pequeña isla administrativa con la
misma desesperada resignación con que Robinson veía
desfilar los barcos por el horizonte, sabiendo que era tan
inútil hacer señales como sentir envidia. Nuestra envidia
o nuestras señales hubieran servido de poco, pues ni en
los mejores tiempos pasamos de nueve empleados, y era
lógico que nadie se preocupara de una oficina así de
reducida.

Como sabíamos que nada ni nadie en el mundo
mejoraría nuestros gajes, limitábamos nuestra esperanza
a una progresiva reducción de las salidas, y, en base a un
cooperativismo harto elemental, lo habíamos logrado
en buena parte. Yo, por ejemplo, pagaba la yerba, [3] el

THE BUDGET

In our office, the same budget had been in operation since the nineteen twenties, that is, since a time when most of us were struggling with geography and fractions. Our Chief, however, remembered the great event, and sometimes, when there wasn't so much work, he would sit down familiarly on one of our desks, and there, with his legs dangling, and immaculate white socks showing below his trousers, he would tell us, with all his old feeling and with his usual five hundred and ninety-eight words, of that distant and splendid day when his Chief – he was a Head Clerk then – had patted him on the shoulder and said: 'My boy, we're having a new budget', with the broad and satisfied smile of a man who has already worked out how many new shirts he will be able to buy with the increase.

A new budget is the supreme ambition of a government office. We knew that other departments with bigger staffs than ours had been given new budgets every two or three years. We observed them from our own little administrative island with the same hopeless resignation that Robinson Crusoe felt as he watched ships passing across the horizon, knowing that it was as useless to make signals as to feel envy. Neither our envy nor our signals would have done much good; since even at the best of times we never had a staff of more than nine, it was only logical that nobody should bother about so small an office.

As we knew that nothing and nobody in the world would improve our salaries, we limited our hopes to a progressive reduction of outgoings, and by means of a quite elementary cooperative system we had gone a good way towards achieving this. I paid for the *yerba*, for example; the Head Assistant,

Auxiliar Primero, el té de la tarde; el Auxiliar Segundo, el azúcar; las tostadas el Oficial Primero, y el Oficial Segundo la manteca.⁴ Las dos dactilógrafas y el portero estaban exonerados, pero el Jefe, como ganaba un poco más, pagaba el diario que leíamos todos.

Nuestras diversiones particulares se habían también achicado al mínimo. Íbamos al cine una vez por mes, teniendo buen cuidado de ver todos diferentes películas, de modo que relatándolas luego en la Oficina, estuviéramos al tanto de lo que se estrenaba. Habíamos fomentado el culto de juegos de atención, tales como las damas y el ajedrez, que costaban poco y mantenían el tiempo sin bostezos. Jugábamos de cinco a seis, cuando ya era improbable que llegaran nuevos expedientes, ya que el letrero de la ventanilla advertía que después de las cinco no se recibían «asuntos». Tantas veces lo habíamos leído, que al final no sabíamos quién lo había inventado, ni siquiera qué concepto respondía exactamente a la palabra «asunto». A veces alguien venía y preguntaba el número de su «asunto». Nosotros le dábamos el del expediente y el hombre se iba satisfecho. De modo que un «asunto» podía ser, por ejemplo, un expediente.

En realidad, la vida que pasábamos allí no era mala. De vez en cuando el Jefe se creía en la obligación de mostrarnos las ventajas de la administración pública sobre el comercio, y algunos de nosotros pensábamos que ya era un poco tarde para que opinara diferente.

Uno de sus argumentos era la Seguridad. La Seguridad de que no nos dejarían cesantes. Para que ello pudiera acontecer, era preciso que se reuniesen los senadores, y nosotros sabíamos que los senadores apenas si se reunían cuando tenían que interpelar a un Ministro. De modo que por ese lado el Jefe tenía razón. La Seguridad existía.⁵ Claro que también existía la otra seguridad, la de que nunca tendríamos un aumento que nos permitiera comprar un sobretodo al contado. Pero el Jefe, que tampoco podía comprarlo, consideraba que no era ése el momento de ponerse a criticar su empleo ni tampoco el nuestro. Y – como siempre – tenía razón.

the afternoon tea; the Second Assistant, the sugar; the Head Clerk, the toast; the Second Clerk, the butter. The two typists and the porter were excused contributions, but the Chief, since he earned a bit more, paid for the newspaper that we all read.

Our private entertainments had also been reduced to a minimum. We went to the cinema once a month, taking good care that everyone should see different films, so that by talking about them all in the office afterwards we could keep abreast of all the new pictures. We had encouraged the adoption of games of mental concentration, like draughts and chess, which cost little and helped pass the time without too much yawning. We played between five and six o'clock, when it was unlikely that any new files would arrive, because the notice in the counter window said that after five o'clock no further 'business' would be accepted. We had read it so often that in the end we didn't know who had invented it, nor even exactly what the idea of 'business' was related to. Sometimes someone would come and ask for the number of his 'business'. We would give him the number of his file, and he would go away satisfied. So 'business' could be a file, for instance.

Really our life there wasn't a bad one. From time to time the Chief would think himself obliged to explain to us the advantages of working in public administration as compared with commerce – though some of us thought that by now it was a bit late for him to take any other view.

One of his arguments was Security. The Security of not getting the sack. For this to happen, there had to be a meeting of Senators, and we knew that the Senators hardly managed to meet even when they had business with a Minister. So in this respect the Chief was right. We had Security. Naturally there was also the other kind of security, the security of knowing that we should never have a pay increase that would permit us to buy a new overcoat cash down. But the Chief, who couldn't buy one either, considered that this wasn't the moment to start criticizing his job or ours. And – as always – he was right.

Esa paz ya resuelta y casi definitiva que pesaba en nuestra Oficina, dejándonos conformes con nuestro pequeño destino y un poco torpes debido a nuestra falta de insomnios, se vio un día alterada por la noticia que trajo el Oficial Segundo. Era sobrino de un Oficial Primero del Ministerio y resulta que ese tío[6] – dicho sea sin desprecio y con propiedad – había sabido que allí se hablaba de un presupuesto nuevo para nuestra Oficina. Como en el primer momento no supimos quién o quiénes eran los que hablaban de nuestro presupuesto, sonreímos con la ironía de lujo que reservábamos para algunas ocasiones, como si el Oficial Segundo estuviera un poco loco o como si nosotros pensáramos que él nos tomaba por un poco tontos. Pero cuando nos agregó que, según el tío, el que había hablado de ello había sido el mismo secretario, o sea el *alma parens* del Ministerio, sentimos de pronto que en nuestras vidas de setenta pesos algo estaba cambiando, como si una mano invisible hubiera apretado al fin aquella de nuestras tuercas que se hallaba floja, como si nos hubiesen sacudido a bofetadas toda la conformidad y toda la resignación.

En mi caso particular, lo primero que se me ocurrió pensar y decir, fue «lapicera fuente». Hasta ese momento yo no había sabido que quería comprar una lapicera fuente, pero en cuanto el Oficial Segundo abrió con su noticia ese enorme futuro que apareja toda posibilidad, por mínima que sea, en seguida extraje de no sé qué sótano de mis deseos una lapicera de color negro con capuchón de plata y con mi nombre inscripto. Sabe Dios en qué tiempos se había enraizado en mí.

Vi y oí además cómo el Auxiliar Primero hablaba de una bicicleta y el Jefe contemplaba distraídamente el taco desviado de sus zapatos y una de las dactilógrafas despreciaba cariñosamente su cartera del último lustro. Vi y oí además cómo todos nos pusimos de inmediato a intercambiar nuestros proyectos, sin importarnos realmente nada lo que el otro decía, pero necesitando hallar un escape a tanta contenida e ignorada ilusión. Vi y oí

32

This settled, almost absolute, peace that weighed down on our office, leaving us resigned to our little destinies and somewhat sluggish on account of not losing any sleep, was shattered one day by some news brought by the Second Clerk. He was a nephew of a Head Clerk in the Ministry, and it turned out that this uncle (speaking properly and without disrespect) had learnt that there was talk of a new budget for our office. As we didn't know at first what person or persons had been talking about our budget, we smiled with that particularly luxurious irony that we reserved for certain occasions, as if the Second Clerk were a bit mad, or as if we realized that he thought we were a bit stupid. But when he added that, according to the uncle, the person who had talked had been the Secretary himself, that is, the *alma parens* of the Ministry, we suddenly felt that something was already changing in our seventy-peso lives, as if some invisible hand had at last tightened the screw that had been slack, as if we had had all our conformity and all our resignation knocked out of us.

In my own case, the first thing that it occurred to me to think and say was 'fountain-pen'. Until that moment I hadn't known that I wanted to buy a fountain-pen. As soon as the Second Clerk's news opened up that enormous future that any possibility, however small, reveals, I at once dragged up from some unknown basement of my desires a black fountain-pen with a silver cap, and my name engraved on it. Goodness only knows at what period in my life the desire had taken root in me.

Then I saw and also heard the Head Assistant talking about a bicycle, I saw the Chief absently contemplating the misshapen heels of his shoes, and one of the typists looking with affectionate contempt at the handbag she had been using for the last five years. I saw and also heard how we all immediately began to discuss our various plans, not really bothering about what the others were saying, but just needing to find an outlet for so many repressed and unsuspected

además cómo todos decidimos festejar la buena nueva
financiando con el rubro de reservas una excepcional tarde de bizcochos.

Eso – los bizcochos – fue el paso primero. Luego siguió
el par de zapatos que se compró el Jefe, mi lapicera
adquirida a pagar en diez cuotas. Y a mi lapicera, el
sobretodo del Oficial Segundo, la cartera de la Primera
Dactilógrafa, la bicicleta del Auxiliar Primero. Al mes y
medio todos estábamos empeñados y en angustia.

El Oficial Segundo había traído más noticias. Primera-
mente, que el presupuesto estaba a informe de la Secretaría del Ministerio. Después que no. No era en Secretaría. Era en Contaduría. Pero el Jefe de Contaduría
estaba enfermo y era preciso conocer su opinión. Todos
nos preocupábamos por la salud de ese Jefe del que sólo
sabíamos que se llamaba Eugenio y que tenía a estudio
nuestro presupuesto. Hubiéramos querido obtener hasta
un boletín diario de su salud. Pero sólo teníamos derecho
a las noticias desalentadoras del tío de nuestro Oficial
Segundo. El Jefe de Contaduría seguía peor. Vivimos una
tristeza tan larga por la enfermedad de ese funcionario,
que el día de su muerte sentimos, como los deudos de un
asmático grave, una especie de alivio al no tener que
preocuparnos más de él. En realidad, nos pusimos
egoístamente alegres, porque esto significaba la posibilidad de que llenaran la vacante y nombraran otro jefe que
estudiara al fin nuestro presupuesto.

A los cuatro meses de la muerte de don Eugenio nom-
braron otro jefe de Contaduría. Esa tarde suspendimos la
partida de ajedrez, el mate y el trámite administrativo. El
jefe se puso a tararear un aria de «Aída» y nosotros nos
quedamos – por esto y por todo – tan nerviosos, que
tuvimos que salir un rato a mirar las vidrieras. A la vuelta
nos esperaba una emoción. El tío había informado que
nuestro presupuesto no había estado nunca a estudio de
la Contaduría. Había sido un error. En realidad, no

dreams. I saw and also heard how we all decided to cele-
brate the good news by paying out of the reserve fund
for a special afternoon of biscuits.

This – the biscuits – was the first step. There followed the
pair of shoes that the Chief bought himself. After the Chief's
shoes, my pen, to be paid for in ten instalments. After my
pen, the Second Clerk's overcoat, the Head Typist's handbag, the Head Assistant's bicycle. A month and a half later
we were all in debt and full of anxiety.

The Second Clerk had brought more news. First of all,
that the business of the new budget was pending consideration by the Secretariat of the Ministry. Then it turned out
that this wasn't so. It wasn't with the Secretariat. It was
with the Accounts Department. But the Chief of Accounts
was ill, and his views had to be consulted. We all worried
about the health of this Chief, though all we knew about
him was that he was called Eugenio and that he was going
to study our new budget. We would even have liked to
receive a daily bulletin about his health. But we only had a
right to the depressing news that came from our Second
Clerk's uncle. The Chief of Accounts continued to get worse.
We lived through so long a sadness on account of this
official's illness that on the day he died we felt, like the
relatives of someone suffering from acute asthma, a kind
of relief that we wouldn't have to worry about him any
more. Indeed, we became selfishly happy, because his
death meant the possibility that they would fill the empty
post and appoint a new Chief who would at last study our
budget.

Four months after Don Eugenio's death they appointed a
new Chief of Accounts. That afternoon we suspended the
chess-game, the tea and the administrative processes. The
Chief started to hum an aria from 'Aida', and the rest of
us – because of this and of everything else – grew so nervous that we had to go out for a while to look at shop-
windows. There was a shock waiting for us when we got
back. The uncle had revealed that our budget had never
been pending consideration by Accounts. That had been a

35

había salido de Secretaría. Esto significaba un considerable oscurecimiento de nuestro panorama. Si el presupuesto a estudio hubiera estado en Contaduría, no nos habríamos alarmado. Después de todo, nosotros sabíamos que hasta el momento no se había estudiado debido a la enfermedad del Jefe. Pero si había estado realmente en Secretaría, en la que el Secretario – su jefe supremo – gozaba de perfecta salud, la demora no se debía a nada y podía convertirse en demora sin fin.

Allí comenzó la etapa crítica del desaliento. A primera hora[7] nos mirábamos todos con la interrogante desesperanzada de costumbre. Al principio todavía preguntábamos: «¿Saben algo?». Luego optamos por decir: «¿Y?» y terminamos finalmente por hacer la pregunta con las cejas. Nadie sabía nada. Cuando alguien sabía algo, era que el presupuesto todavía estaba a estudio de la Secretaría.

A los ocho meses de la noticia primera, hacía ya dos que mi lapicera no funcionaba. El Auxiliar Primero se había roto una costilla gracias a la bicicleta. Un judío era el actual propietario de los libros que había comprado el Auxiliar Segundo; el reloj del Oficial Primero atrasaba un cuarto de hora por jornada; los zapatos del Jefe tenían dos medias suelas (una cosida y otra clavada), y el sobretodo del Oficial Segundo tenía las solapas gastadas[8] y erectas como dos alitas de equivocación.[9]

Una vez supimos que el Ministro había preguntado por el presupuesto. A la semana, informó Secretaría. Nosotros queríamos saber qué decía el informe, pero el tío no pudo averiguarlo porque era «estrictamente confidencial». Pensamos que eso era sencillamente una estupidez, porque nosotros, a todos aquellos expedientes que traían una tarjeta en el ángulo superior, con leyendas tales como «muy urgente», «trámite preferencial», o «estrictamente reservado», los tratábamos en igualdad de condiciones que a los otros. Pero por lo visto en el Ministerio no eran del mismo parecer.

36

mistake. In fact it had never left the Secretariat. This meant a considerable darkening of our horizons. If the budget had been with Accounts, we shouldn't have been alarmed. After all, we knew that it hadn't been studied until then because of the Chief's illness. But if during all this time it had really been in the Secretariat, whose Secretary, its head, enjoyed perfect health, the delay was not due to anything, and could well turn into a delay without end.

At this point the critical stage in our misgivings began. On arrival in the mornings we would all exchange the usual looks of unhopeful interrogation. At first we still asked: 'Has anyone heard anything?' Then we changed to saying simply: 'Well?' and finally just to asking with raised eyebrows. Nobody knew anything. If ever anyone did know anything, it was that the budget was still being considered by the Secretariat.

Eight months after we had had the original news, my fountain-pen had already not been working for two. The Head Assistant had cracked a rib thanks to the bicycle. A Jew was the present owner of the books that the Second Assistant had bought; the Head Clerk's watch was losing a quarter of an hour a day; the Chief's shoes had been soled twice (the first time sewn on, the second time just tacked on), and the lapels of the Second Clerk's overcoat were worn out and curled up.

Once we heard that the Minister had asked about the budget. A week later the Secretariat sent him a report. We wanted to know what the report said, but the uncle couldn't find out, because it was 'strictly confidential'. We thought this downright stupid; in our office, all the files that had cards attached to the top corner saying 'very urgent', 'for special attention', or 'strictly reserved', were treated exactly like the rest. But apparently in the Ministry they did not hold the same point of view.

Otra vez supimos que el Ministro había hablado del presupuesto con el Secretario. Como a las conversaciones no se les ponía ninguna tarjeta especial, el tío pudo enterarse y enterarnos de que el Ministro estaba de acuerdo. ¿Con qué y con quién estaba de acuerdo? Cuando el tío quiso averiguar esto último, el Ministro ya no estaba de acuerdo. Entonces sin otra explicación comprendimos que antes había estado de acuerdo con nosotros.

Otra vez supimos que el presupuesto había sido reformado. Lo iban a tratar en la sesión del próximo viernes, pero a los catorce viernes que siguieron a ese próximo, el presupuesto no había sido tratado. Entonces empezamos a vigilar las fechas de las próximas sesiones y cada sábado nos decíamos: «Bueno, ahora, será hasta el viernes. Veremos qué pasa entonces». Llegaba el viernes y no pasaba nada. Y el sábado nos decíamos: «Bueno, será hasta el viernes. Veremos qué pasa entonces». Y no pasaba nada. Y no pasaba nunca nada de nada.

Yo estaba ya demasiado empeñado para permanecer impasible, porque la lapicera me había estropeado el ritmo económico y desde entonces yo no había podido recuperar mi equilibrio. Por eso fue que se me ocurrió que podíamos visitar al Ministro.

Durante varias tardes estuvimos ensayando la entrevista. El Oficial Primero hacía de Ministro, y el Jefe, que había sido designado por aclamación para hablar en nombre de todos, le presentaba nuestro reclamo. Cuando estuvimos conformes con el ensayo, pedimos audiencia en el Ministerio y nos la concedieron para el jueves. El jueves dejamos pues en la Oficina a una de las dactilógrafas y al Portero, y los demás nos fuimos a conversar con el Ministro. Conversar con el Ministro no es lo mismo que conversar con otra persona. Para conversar con el Ministro hay que esperar dos horas y media y a veces ocurre, como nos pasó precisamente a nosotros, que ni al cabo de esas dos horas y media se puede conversar con el

On another occasion we learnt that the Minister had talked to the Secretary about the budget. Since they don't attach special cards to conversations, the uncle was able to discover and to let us know that the Minister was in agreement. With what or with whom was he in agreement? When the uncle tried to find this out, the Minister was no longer in agreement. Whereupon, without further explanation, we understood that it was with us that he had been in agreement before.

On yet another occasion we learnt that the budget had been revised. It was going to be dealt with at next Friday's session, but fourteen Fridays after that next one the budget still hadn't been dealt with. We began to keep our eye on the date of the next session, and every Saturday we would say to each other: 'Ah well, now it won't be till next Friday. We'll see what happens then.' Friday would come and nothing would happen. And on the Saturday we would say: 'Ah well, now it won't be till next Friday. We'll see what happens then.' And nothing happened. Absolutely nothing at all ever happened, ever.

By now I was too deeply in debt to remain impassive; the fountain-pen had destroyed my economic rhythm, and since then I hadn't been able to recover my balance. It was because of this that it occurred to me that we might go and see the Minister.

We spent several afternoons rehearsing the interview. The Head Clerk played the Minister, and the Chief, who had been unanimously appointed to speak on behalf of all of us, presented our petition to him. When we were satisfied with the rehearsals, we requested an interview at the Ministry, and were given an appointment for Thursday. So on Thursday we left one of the typists and the porter in the office, and the rest of us went to speak to the Minister. Speaking to the Minister isn't the same as speaking to anyone else. To speak to the Minister you have to wait two and a half hours, and it sometimes happens, as in fact happened in our case, that even after these two and a half hours you still can't speak to the Minister. We only got

Ministro. Sólo llegamos a presencia del Secretario, quien tomó nota de las palabras del Jefe – muy inferiores al peor de los ensayos, en los que nadie tartamudeaba – y volvió con la respuesta del Ministro de que se trataría nuestro presupuesto en la sesión del día siguiente.

Cuando – relativamente satisfechos – salíamos del Ministerio, vimos que un auto se detenía en la puerta y que de él bajaba el Ministro.

Nos pareció un poco extraño que el Secretario nos hubiera traído la respuesta personal del Ministro sin que éste estuviese presente. Pero en realidad nos convenía más confiar un poco y todos asentimos con satisfacción y desahogo cuando el Jefe opinó que el Secretario seguramente habría consultado al Ministro por teléfono.

Al otro día, a las cinco de la tarde estábamos bastante nerviosos. Las cinco de la tarde era la hora que nos habían dado para preguntar. Habíamos trabajado muy poco; estábamos demasiado inquietos como para que las cosas nos salieran bien. Nadie decía nada. El Jefe ni siquiera tarareaba su aria. Dejamos pasar seis minutos de estricta prudencia. Luego el Jefe discó el número que todos sabíamos de memoria, y pidió con el secretario. La conversación duró muy poco. Entre los varios «Sí», «Ah, sí», «Ah, bueno» del Jefe, se escuchaba el ronquido indistinto del otro. Cuando el Jefe colgó el tubo, todos sabíamos la respuesta. Sólo para confirmarla pusimos atención: «Parece que hoy no tuvieron tiempo. Pero dice el Ministro que el presupuesto será tratado sin falta en la sesión del próximo viernes.»

into the presence of the Secretary, who took note of the Chief's words – said much worse than in the worst of the rehearsals, where no one had stammered – and came back with the Minister's reply, that our budget would be dealt with in the following day's session.

As we were leaving the Ministry – relatively satisfied – a car pulled up at the door and we saw the Minister get out of it.

It seemed a little strange to us that the Secretary should have brought us the Minister's personal reply when the Minister wasn't there. But really it was as well to have a little confidence, and we all agreed with satisfaction and relief when the Chief suggested that the Secretary must surely have consulted the Minister by telephone.

The next day at five o'clock in the afternoon we were all pretty nervous. Five o'clock in the afternoon was the time we had been told we could ask what had happened. We hadn't done much work; we were too uneasy for things to turn out right. Nobody said anything. The Chief wasn't even humming his aria. We let six minutes of strict abstinence go by. Then the Chief dialled the number that we all knew by heart, and asked to speak to the Secretary. The conversation didn't last long. Between the Chief's intermittent 'Yes', 'Ah yes', 'Yes, I see', we could hear the indistinct croaking of the other voice. When the Chief hung up the receiver we all knew the answer. It was only to confirm it that we paid attention. 'It seems that they didn't have time today. But the Minister says that the budget will be dealt with without fail at next Friday's session.'

THE CAVALRY COLONEL
H. A. MURENA

Translated by Gordon Brotherston

EL CORONEL DE CABALLERÍA

Fuertemente propenso a la reserva desde la juventud, lo he ido siendo cada vez más con los años, a medida que los incidentes comunes de la vida me empujaron hacia esa soledad que representó siempre mi aspiración. Pienso que cada cual debe guardarse para sí tanto sus alegrías como sus penas, si no desea[1] que se transformen en mascaradas y lo conviertan en caricatura de sí mismo, aunque también es posible que la gente prefiera ser una caricatura antes que soportar algo fuerte.

En lo que a mí respecta, sé ahora que incluso cuando elegí – de pantalones cortos – la carrera de soldado me guiaba el presentimiento de que en ninguna parte está el hombre más solo que en el cuartel: somos monjes que, alejados del mundo, no tenemos forzosamente un dios al cual consagrarnos, y, aunque andemos mucho juntos, la disciplina resulta acaso más eficaz que la celda para mantener distancias entre uno y los otros.

Quiero decir, con estas palabras, que no soy partidario de las reuniones sociales, en las que inevitablemente se termina[2] – cuando no se empieza – con efusiones dudosas que lo trastornan todo; quiero señalar que la índole del testigo de los hechos que aquí se narran (que el sentido del deber obliga a consignar con toda claridad) no es de aquéllas capaces de dejarse influir por el ambiente o las personas que las rodean.

Para proceder con orden, diré que a la reunión del caso no podía faltar, porque se trataba de la familia de un viejo camarada de armas, retirado – igual que yo – hará pronto un cuarto de siglo, siendo mayor de artillería, a quien le debía los únicos momentos de verdadero, fraternal solaz de los últimos años. De modo que por esa noche suspendí mis cotidianas anotaciones sobre Clause-

44

THE CAVALRY COLONEL

Strongly inclined to be reserved since youth, I have been getting increasingly so with age, as the normal events in life drove me more and more towards that state of loneliness I always aspired to. I believe everyone ought to keep his happiness no less than his sufferings to himself, if he doesn't want them to become a masquerade and doesn't want them[1] to make him into a caricature of himself, though it is also possible that people might prefer being a caricature to putting up with something harsh.

As far as I'm concerned, I know now that even when – in short trousers – I chose a military career I was guided by the premonition that a man is nowhere more alone than he is in the barracks: we are monks who, cut off from the world, have of necessity no god to devote ourselves to, and, although we go about a lot together, discipline is perhaps more effective than the monk's cell for maintaining distances between one man and the rest.

I mean by this that I'm not in favour of social gatherings where you inevitably end up with ambiguous effusiveness that spoils everything, even if you don't actually start off that way; I want to point out that the character of the witness of the events related here (which a sense of duty demands be conveyed with the utmost clarity) is not of the type capable of being influenced by the atmosphere or people around it.

To go on properly, I must say that I could not be absent from the gathering in question, because it involved the family of an old comrade in arms, retired – like me – it must be a quarter of a century ago, as a major in the artillery, and I owed him my only moments of true, brotherly solace in recent years. And so that night I postponed my daily note-taking on Clausewitz, and after dinner I got

witz,[3] y después de comer me vestí y partí rumbo a la casa, bastante alejada de la mía.

El tiempo era excelente, una de esas verdaderas jornadas de primavera que tanto extraña en Buenos Aires quien ha vivido en las provincias, y mientras avanzaba por los arbolados suburbios del norte el aire se henchía de perfumes. Como era de esperar, en el tranquilo barrio residencial, la casa se destacaba por una cierta iluminación, por la cantidad de gente que acudía a ella.

Entré con alguna dificultad, pues esa era la hora que la mayoría había elegido para llegar, y el vestíbulo se hallaba casi atestado. Cumplí con mi obligación, hice el saludo de rigor a la familia; y cuando me volví para examinar a los concurrentes descubrí que estaba entre compañeros. Era dejar de hablar con uno para toparme con otro, a tal punto que, debido a los pequeños pasos que se suelen dar en el curso de una conversación y de los desplazamientos obligados para abrir camino a quien lo reclama, al cabo de un rato me encontré en el segundo patio de la vieja y simpática casa.

Abundaban los artilleros, pero también había representantes de las demás armas, entre ellos un general de infantería cuyo nombre prefiero omitir, pues la conquista de sus entorchados está públicamente unida a turbios accidentes de la política. Trajeron de beber, pero yo, como hace años que no pruebo el alcohol, pedí que me sirvieran café. Casi todos se inclinaban por el alcohol, sin fijar límites demasiado estrictos a esa inclinación: después de haber padecido con ellos el exilio de las desoladas guarniciones provincianas en las que, tras la formación de la tarde, sólo quedan la bebida, el juego o el matrimonio como únicas escapatorias ante la amenaza de un hastío y una desesperanza mortales, esto me resultaba tan comprensible como las opacas, ramplonas mujercitas que los acompañaban.

Con los que nos habíamos perdido la pista, nos interrogábamos recíprocamente respecto a los destinos posteriores al último encuentro; con los otros recordábamos anécdotas

46

dressed and set off for the house, which is some distance from mine.

The weather was excellent, one of those real spring days which people who have lived in the provinces are so surprised to find in Buenos Aires, and as I passed through the leafy northern suburbs the air was laden with scent. As you would have expected, in that quiet residential area, the house stood out because of the way it was lit and because of the amount of people who were going up to it.

I went in with some difficulty, for that was the time most people had chosen to arrive, and the entrance hall was almost overcrowded. I fulfilled my obligations, greeted the family *comme il faut*, and when I turned round to look at the guests I found I was among friends. No sooner did I stop talking to one man than I bumped into another, to such an extent that, as a result of the small steps you normally take in the course of a conversation and of being obliged to move aside to let pass those asking to, before very long I found myself in the second patio of the pleasant old house.

There were a lot of artillerymen, but representatives of the other regiments were there as well, among them a general in the infantry whose name I prefer to omit, because his attainment of high rank is publicly bound up with shady political events. They brought drinks round, but I, as I have not tasted alcohol for years, asked to be given coffee. Almost all of them were favourably disposed towards alcohol, without putting too strict a limit on this favourable disposition: having suffered with them exile in desolate provincial camps where, after evening parade, only drink, gambling or marriage are left as the sole means of escaping the threat of a fatal boredom and desperation, this was just as understandable to me as the dull, vulgar little wives who accompanied them.

Those of us who had lost track asked one another about what had happened since we had last met; others of us recalled barrack-room stories which may seem coarse or

47

cuarteleras tal vez brutales o tontas para los civiles, incapaces de entender la inocencia y el cariño que, a falta de mejor objeto, vuelcan los militares en ellas. Transcurrido cierto tiempo, una poderosa melancolía – tan evidente como la neblina con que la humedad se manifestaba en el aire – se apoderó de todos. Era que, aunque pocos estaban de uniforme, cada cual conocía, después del intercambio de noticias, el grado y la posición de los demás, y, la mirada clavada en el vacío, un vaso en la mano, consideraban, como criaturas nacidas el mismo día con idénticas dotes, la medida en que la suerte – en comparación con los más afortunados – se había burlado de ellos. Me resultaba tan claro como si lo estuvieran expresando en voz alta: ¿acaso no me lamentaba también yo al imaginar dónde podría encontrarme si los hechos del año treinta[4] no me hubiesen obligado al retiro?

Fue en ese momento cuando advertí su presencia. Era un hombre que pasaba la cincuentena, pero tan esbelto como un joven, cabello gris muy abundante, brazos y cuello tal vez ligeramente cortos, movimientos en extremo desenvueltos; por el aire de bienestar físico que presentaba y que, sin duda, era la fuente de su expresión jovial, me sentí tentado a incluirlo en la categoría de esos oficiales que, una vez que han aprendido esgrima, no pasan día sin su asalto, a fin de conservar una agilidad por lo general destinada a impresionar al sexo femenino, lo cual les da, por otro lado, una apariencia en cierto modo femenina; no obstante, algo en él, indefinible, me retuvo de hacerlo.

Lo advertí yo, y también los otros que estaban en aquel patio, porque, de improviso, rompiendo la tenue capa de murmullos que formaban nuestros mustios diálogos, sonaron en un ángulo algunas carcajadas. Nos volvimos para ver a un grupo de hombres y mujeres – que ya se esforzaban por contener la risa – en medio del cual, con cara de gozo, se hallaba él. Algunos quisieron conocer la causa de aquella hilaridad, y los que acababan de experimentarla no tardaron en comunicársela, tras lo cual la risa,

stupid to a civilian, but he is not capable of understanding the innocence and affection which, lacking a better object, soldiers pour into them. After a certain time, a powerful feeling of melancholy – as obvious as the mist that showed the dampness in the air – overtook everyone. The fact was that, although few people were in uniform, each person knew, after exchanging information, the rank and the position of the others, and, staring into space with glasses in their hands, they were considering, as beings born the same day and with identical gifts, the extent to which fate – in comparison with the luckier ones – had fooled them. It was as plain to me as if they had been saying it out loud: for after all was I not feeling sorry for myself too, imagining the position I could be in if the events of 1930 had not forced me to retire?

It was at that moment that I noticed his presence. He was a man of over fifty but as slim as a young man, with an abundance of grey hair, perhaps slightly short arms and neck and extremely easy movements; the air of physical well-being he displayed, which no doubt was the reason for his jovial expression, tempted me to include him in the category of those officers who, once they have learnt to fence, never let a day go by without practising, in order to preserve a litheness generally intended to impress the feminine sex, but which, on the other hand, gives them in a way a feminine appearance. However, something about him, something I could not define, made me reserve my judgement.

I noticed him, and so did the others in that patio, for, suddenly, shattering the thin layer of sound formed by our languid conversations, laughter broke out in one corner. We turned to see a group of men and women – who were already struggling to repress their mirth – and in their midst, with a jubilant expression on his face, he was standing. Some endeavoured to discover the cause of the hilarity, and those who had just experienced it told them at once; then laughter, though quieter, came rippling out from that

aunque atenuada, se fue irradiando desde aquel centro, a modo de prueba de que el alcohol y la desilusión habían dispuesto a cierto sector de la concurrencia de modo favorable hacia cualquier cosa que la distrajese.

No llegó hasta nosotros la corriente, y en cambio empezamos a preguntarnos quién era. Por mi parte recordé que al principio me había tropezado con él, que me había interrogado respecto a cómo me iba, tuteándome,[5] y que, al responderle yo con una sonrisa y un encogimiento de hombros, sin haberlo identificado, me había dado unos golpecitos de confianza en la espalda. Los demás hicieron memoria, pero no lo situaban, hasta que un coronel de nuestra camada[6] – que cultivaba la disciplina hasta el punto de no haberse atrevido, en el curso de los años, a agenciarse de un poco más de discernimiento que el que tenía en el colegio – afirmó en forma rotunda que en ese momento recordaba que lo había conocido en el regimiento de zapadores de Zárate.[7] Esta declaración hizo que otro opinase que creía haberlo tratado, hacia la misma fecha, en Esquel. Y así resultó evidente que no sabíamos nada a su respecto.

Entretanto nuestro personaje había ampliado el círculo de sus espectadores, y yo me acerqué para observarlo mejor. Había inventado ahora un juego o prueba – que él practicaba en forma perfecta y que el resto ensayaba con éxito dudoso – consistente en articular palabras con la boca cerrada, pero de modo que, a través del sonido nasal, resultasen inteligibles. Olvidados de la pesadumbre de unos minutos antes, los que lo rodeaban fueron progresivamente cediendo al impulso de tentar la prueba, y pronto el patio se llenó de ruidos extraños, grotescos, y hasta repugnantes. El general era uno de los conquistados, acaso porque sus mugidos le parecían un buen recurso para adelantar en la confianza de la joven mujer de un teniente coronel que lo había encandilado desde el principio. De vez en cuando el maestro, con aire impasible, repetía su lección, y por el tipo de risa de los que estaban más próximos a él, casi afirmaría que eran fundadas mis

centre, by way of proof that alcohol and disillusion had favourably disposed a certain section of the gathering towards anything which would amuse them.

The current did not reach us, and instead we began asking one another who he was. Personally I recalled that at the beginning I had bumped into him, that he had questioned me about how things were going, very familiarly, and that when I answered by smiling and shrugging my shoulders, not recognizing him, he had patted me unceremoniously on the back. The others thought back, but they could not place him, until a colonel, a contemporary of ours – who cultivated discipline up to the point of not having daréd, over the years, to acquire a little more discrimination than he used to have at school – affirmed emphatically that he just remembered he had met him in the Zárate Sappers regiment. This declaration induced someone else to be of the opinion that he believed he had conversed with him, at about the same time, at Esquel. And so it became obvious that we knew nothing about him.

In the meantime our friend had widened his circle of onlookers, and I drew nearer to see him better. He had now made up a game or test – which he performed perfectly and the rest attempted with dubious success – which consisted of pronouncing words with your mouth shut, but so that, from the nasal sound, they would be understood. Forgetting the heaviness of a few moments previously, those who surrounded him yielded one by one to the urge to attempt the test, and before long the patio was filled with strange, grotesque and even repulsive noises. The general was one of those won over, perhaps because his mooings seemed to him a good device for gaining the confidence of the young wife of a lieutenant-colonel who had dazzled him from the start. From time to time the expert, with an impassive air, repeated his instructions, and to judge by the way those nearest him were laughing, I should almost affirm that my suspicions were well founded

sospechas de que las frases tenían un sentido obsceno que yo no terminaba de entender.

Algunas personas, desagradadas por lo que estaba ocurriendo, comenzaron a retirarse del patio. Yo iba a apartarme del grupo en que estaba, cuando él se enfrentó conmigo y me dijo:

– Usted no se ríe, ¿verdad?

En su tono, en el pliegue de sus labios burlones, en sus ojos – grises, grandes, inmóviles, de una intensidad perturbadora – había reproche, acaso incluso un matiz de amenaza. Sostuve su mirada durante un instante, y luego, sin responder, me volví, y me marché hacia el otro extremo del patio.

No se había agotado aún el efecto de aquella ocurrencia, cuando impuso otra. Lo notable fue que, a pesar de haberme alejado, no pude evitar enterarme, debido a su voz, metálica, penetrante (aún la escucho hoy), que, aunque hablase en tono no alto, se oía desde todos los puntos del patio. La nueva habilidad consistía en mover las orejas, y, según explicó, la había aprendido en el colegio, en las largas horas pasadas en el aula de disciplina, donde el castigo reside en permanecer sentado, bajo vigilancia, con la prohibición de toda actividad, incluso la lectura. Rodeado por un público expectante, movió las orejas, primero las dos, luego la izquierda, por fin la derecha, lo repitió, atendiendo sin duda a los pedidos con que lo acosaban. Después pasó a observar irónicamente a sus discípulos.

Recuerdo que de entrada se encaró con el general, quien, pese a los esfuerzos y las muecas, no logró más que terminar evidentemente amoscado por la risa que su impotencia suscitó en la mujer del teniente coronel. Pero lo que sobre todo me impresionó (aunque el flujo del alcohol me ayudase en parte a explicarlo) era la fascinación que ejercía no sólo sobre las mujeres, sino también sobre sus respectivos maridos, quienes – con una sonrisa en las caras bobas – toleraban casi complacidos cualquiera de los desdeñosos descomedimientos que él se permitía.

and that the sentences had an obscene meaning which I did not completely understand.

Some people, displeased by what was going on, began to withdraw from the patio. I was going to separate myself from the group where I was standing, when he came face to face with me and said:

'You're not amused, are you?'

In his tone, in the curl of his sardonic lips and in his eyes – large, grey, staring eyes of disturbing intensity – there was reproach, perhaps even the trace of a threat. I held his gaze for a moment, and then, without answering, turned round and went off to the other end of the patio.

The effect of that jest had still not been exhausted, when he enjoined another one. The remarkable thing was that, despite having moved away, I could not avoid paying attention because of his metallic, piercing voice (I can still hear it today) which, although he did not speak loudly, could be heard from every corner of the patio. The new trick consisted of waggling your ears, and, as he explained, he had learnt it at school, during the long hours spent in the detention room, where punishment entails staying seated, under invigilation, and being forbidden to do anything at all, even read. Surrounded by an expectant audience, he moved his ears, first both together, then the left one and finally the right one; he repeated the performance, out of deference no doubt to the requests they besieged him with. Afterwards he went on to observe his pupils ironically.

I remember that at first he looked hard at the general, who, despite his efforts and face-pullings, succeeded only in ending up obviously irritated by the laughter which his impotence provoked in the lieutenant-colonel's wife. But what impressed me most of all (although the free-flowing alcohol helped me to explain it) was the spell he cast not only over the women, but also over their respective husbands, who – with smiles on their stupid faces – tolerated almost contentedly whatever contemptuous insolence he permitted himself.

53

Tanto me incomodaba el espectáculo, que me propuse desentenderme de él, abstrayéndome, refugiándome en mi interior. Por esa causa no me enteré del incidente que se produjo a continuación más que cuando se hallaba bastante avanzado.

Según parece, se había puesto a conversar, en forma amable y provocativa, con un jefe de infantería, sobre equitación. Le habría dicho que, aunque en los desfiles iban a veces montados, los infantes no tenían idea de esa práctica, pues en la escuela sólo les enseñaban a caerse del caballo, con lo que los asustaban para siempre. Luego lo había conducido al tema de las ayudas que el jinete debe aplicar al animal para que cambie de mano en el galope, y el caso es que, en el ardor de la discusión, ignoro cómo, había conseguido que su interlocutor se pusiese de cuatro patas en el suelo.

Allí estaba cuando yo miré, pero montado sobre la espalda tenía a otro oficial, que cumplía el papel de jinete. El animador (de quien decían ahora que era coronel de caballería) hacía que el jinete se inclinara hacia la derecha y presionase con la punta del pie bajo la axila del que estaba echado, para demostrarle prácticamente la forma en que el caballo, al sentir la punta de la bota contra el codillo, se veía obligado a adelantar la pata que recibía tal estímulo. Por último lo instó a que se echase a andar, con el jinete arriba. Confieso que entonces también yo tuve que sonreírme.

En ese instante, la hija del dueño de casa, una muchacha de más de veinte años, alta y delgada, apareció, por el pasillo, en la entrada del patio. Al verla, todos se quedaron paralizados, y las risas empezaron a borrarse de las bocas. Sin embargo, el que hacía de caballo, como por la posición en que se hallaba no podía enterarse de la presencia de la muchacha, siguió andando, lenta, dificultosamente, con el jinete arriba. Ella, pálida, los ojos hinchados, enrojecidos, contemplaba la escena con fatigado estupor. Era natural: en el cuarto que daba a la

The scene annoyed me so much that I decided to have done with him by becoming oblivious and retreating into myself. Because of this I did not become aware of the incident which happened next until it was fairly far advanced.

It appears he had got talking, in a friendly, stimulating fashion, with an infantry officer, about horses. He seems to have said that, although they rode sometimes in parades, infantrymen had no idea about riding, for during training they taught them only how to fall off a horse, thus frightening them for good. Then he had led him round to discussing the aids a rider ought to apply to the animal so that it changes its leading leg at the gallop, and the fact is that, in the heat of the discussion, I don't know how, he had managed to make the other man get down on all fours on the floor.

He was there when I looked, but mounted on his back he had another officer, who was playing the part of the rider. The man encouraging them (whom they were now saying was a cavalry colonel) was having the rider lean over to the right and press with his toe under the armpit of the man he was sitting on, in order to show him in practice the way the horse, feeling the tip of the boot against its elbow, was obliged to put forward the foot receiving such a stimulus. Last of all he urged him to move forward, with the rider on his back. I admit that then I too had to smile.

At that moment, the daughter of the owner of the house, a tall, thin girl of over twenty, appeared through the doorway in the entrance to the patio. When they saw her, they all stood stock still, and the laughter began to disappear from their faces. However, the man who was acting the part of the horse, since the position he was in prevented him from being aware of the girl's presence, carried on crawling, slowly and awkwardly, with the rider on his back. She, pale, with red, swollen eyes, gazed at the scene in tired amazement. It was natural: in the room facing on to the

calle estaban velando a su padre, muerto esa mañana a causa de una embolia.

Pero el supuesto coronel de caballería demostró tener nervios de acero, porque no se desconcertó; al contrario, se adelantó hacia ella y le habló, en tono alto la primera frase de retórico reconocimiento, luego en voz tan baja que resultaba imposible oír lo que le decía. Al igual que todos, yo hubiera deseado saberlo, pues vi que la expresión de la muchacha cambiaba, se tornaba menos dura, menos abatida. La sorpresa general aumentó cuando ella miró a su interlocutor a los ojos y le sonrió. Pero, ¿se me creerá si digo que pronto la hizo avanzar por el patio hasta donde se hallaban los demás; que durante el resto de la noche permaneció allí, charlando a la par de los otros, con suma naturalidad; que pareció, a partir de ese momento, que su parentesco con el muerto fuera tan inexistente como el mío?

Sería inútil que siguiera relatando todo lo que aquel hombre urdió para mantener bajo su dominio la atención de los que allí se hallaban. El caso es que lo conseguía. Algunos se retiraban, pero eran sustituidos por otros, que venían del primer patio, y que, aunque empezaban por reaccionar con desagrado, en seguida cedían a su seducción, al ímpetu del espíritu general.

¿Por qué me quedé yo? No sabría explicarlo.[8] Todo aquello me repugnaba, y, sin embargo, sentía una fuerte necesidad de observar los manejos del personaje, me atraía como supongo que a la mayoría de los hombres los atrae el placer de lo ilícito. Así se me pasaron las horas.

Cuando miré el reloj y vi que eran las tres de la madrugada, decidí irme. Saludé, y ya atravesaba el vestíbulo para salir, pero noté que alguien me seguía, sin hacer ruido alguno, y me volví: era él.

En la semioscuridad descubrí que su piel había tomado un color oscuro, terroso, como si estuviera excesivamente fatigado; los ojos le brillaban. Me molestó tener que marcharme en semejante compañía, pero parecía inevitable.

street they were keeping vigil over her father who had died that morning of thrombosis.

But the putative cavalry-colonel showed he had nerves of steel, because he was not taken aback; on the contrary, he went up to her and spoke to her, first with a loud phrase of grandiloquent greeting, then so quietly that it was impossible to hear what he was saying to her. Like everyone else, I should have liked to have known, for I saw that the girl's expression was changing, was becoming less hard, less downcast. The general surprise increased when she looked into his eyes and smiled at him. But, will you believe me if I say that before long he made her come on into the patio to where the others were; that for the rest of the night she stayed there, chatting together with the others, with the utmost ease; if I say that it seemed, from that moment on, that her family bond with the dead man was as nonexistent as mine?

It would be pointless for me to go on recounting everything that that man contrived in order to keep under his control the attention of those who were there. The fact is that he managed to. Some withdrew, but they were replaced by others coming from the first patio, who, although they began by frowning and showing displeasure, immediately yielded to his guile and the force of the general mood.

Why did I stay? I couldn't say. The whole thing repelled me, and, nevertheless, I felt a strong need to observe the cunning of that character; it attracted me as I suppose forbidden pleasure attracts most men. And so time went by.

When I looked at my watch and saw that it was three o'clock in the morning, I decided to go. I took my leave, and I was already crossing the hall on my way out, but I noticed that someone was following me, noiselessly, and I turned round: it was he.

In the semi-darkness I detected that his skin had taken on a dark, earthy colour, as if he was inordinately tired; his eyes were gleaming. It annoyed me to have to go off in such company, but it seemed unavoidable.

Salimos. La calle se hallaba desierta, envuelta en una
bruma ligeramente fría. Sin embargo, él manifestó
que sentía calor, y se quitó el saco. Mientras lo hacía
llegó hasta mí una vaharada de olor fuerte, ácido,
acaso a sudor demasiado concentrado, que atribuí
a la actividad que había desplegado esa noche, pero
que me forzó a apartarme prudentemente.

A pesar de haberse quitado el saco, algo parecía
incomodarlo aún, pues hacía con la cabeza, con el cuello,
esos esquines característicos de las personas muy nerviosas.
Casi en seguida se sacó la corbata y se desprendió la
camisa. Yo no lo miraba por delicadeza, pues no
juzgaba correcto que anduviera así.

Desde el momento mismo en que habíamos pisado la
calle se había dedicado a decirme, con voz chillona y ma-
ligna, entrecortada, frases que no recuerdo con exactitud,
pero con las que se burlaba en forma apenas encubierta de
la tontería de los hombres, en especial de los que habían
asistido a aquella casa, frases destinadas a provocarme, a
herirme, y a las que yo sólo en una oportunidad respondí.
Lo miré para hablarle. ¿Habré visto bien entonces,
habré visto de verdad que aquella cara era muy oscura,
demasiado oscura ya, que había mucho pelo en ella,
que algo en exceso brillante relucía allí donde aparece la
sonrisa? ¿No me habré confundido al encontrarlo más
bajo, como hinchado? El caso es que no pude seguir
mirándolo. Y él continuó con sus frases.

Había conseguido ya sacarme de mis casillas,[9] aunque
no lo demostrase, cuando oí que inesperadamente
me preguntaba hacia dónde iba yo. Habré tardado
unos segundos en calcular cuál podía ser la dirección que
más posibilidades me ofrecía para desembarazarme de
mi acompañante, y al volverme hacia él para comunicár-
selo descubrí con estupefacción que estaba solo.

Me detuve. A unos cincuénta metros, alejándose de
mí, corría un tranvía, dando tumbos, con las luces
encendidas. Era posible, aunque de explicación difícil.

We went out. The street was deserted and shrouded in a chill mist. However, he declared he was hot, and he took off his jacket. As he was doing so I caught a whiff of a strong, sour smell, possibly of an over-accumulation of sweat, which I put down to the activity he had displayed that night, but it obliged me to draw discreetly aside.

In spite of having taken his jacket off, something seemed still to be bothering him, for he was making, with his head and neck, those twitching movements characteristic of very nervous people. Almost the next instant, he took his tie off and unbuttoned his shirt. I did not look at him, tactfully, for I did not think it proper that he should walk about like that.

From the very moment we had stepped into the street he had set about telling me, in a shrill and evil staccato voice, things which I do not remember exactly, but they were phrases in which he mocked in a thinly-veiled manner the foolishness of men, particularly of those who had been present at that house, phrases designed to provoke and hurt me, to which I made reply on only one occasion. I looked round to speak to him. Can I have been seeing properly at that moment? Did I really see that that face was dark, too dark already, that there was a lot of hair on it, and that something far too bright gleamed where smiles appear? Was I mistaken finding him smaller and as it were bloated? The fact is that I could not go on looking at him. And he went on with his remarks.

He had already succeeded in vexing me beyond my patience, although I gave no sign of it, when unexpectedly I heard that he was asking me where I was going. I must have taken a few seconds to work out which was likely to be the direction to offer me most possibilities of getting rid of my companion, and when I turned towards him to tell him I discovered with astonishment that I was alone.

I stopped. About fifty yards away, going in the other direction, a tram was lurching along, with its lights on. A possible, though unlikely explanation, was that he had

que él hubiese conseguido treparse al tranvía, pero mi vista no tiene ahora poder suficiente para que a esa distancia distinguiese si se hallaba en el coche. Por lo demás, el tranvía tenía que haber pasado en algún momento junto a nosotros: ¿cómo era que no lo había notado? Sin embargo, no cabía otra solución, y estos aparentes prodigios – debidos sólo a nuestra confusión – acontecen todos los días. De modo que me marché a mi casa. Pero no puedo afirmar que mi sueño haya sido tranquilo.

A la mañana siguiente me dirigí al cementerio, para el sepelio, aunque – no obstante lo que ello me molestara – mis sentimientos de pesar por el muerto habían sido borrados por el interés con que aguardaba un nuevo enfrentamiento con el personaje de la víspera.

Lo busqué entre aquellos que esperaban al cortejo en la puerta del cementerio, entre los que bajaron después de los coches que seguían la carroza fúnebre, entre los retrasados que llegaron sólo a la capilla para el oficio, y también entre los que se alejaban junto a la bóveda de la familia. No estaba, y en verdad no me extrañó no encontrarlo.

Lo que sí me llamó la atención fue la forma en que reaccionaron ante mis preguntas las personas que lo habían visto con tanta claridad como yo la noche anterior. Me miraron, desagradadas o dormidas aún, como si no supiesen de quién les hablaba. Algunos articularon monosílabos, que me resultó imposible entender; parecía que, abochornados por los sucesos a los que el personaje estaba ligado, hubiesen decidido todos olvidarlo, ignorar que hubiera existido. Y no insistí más.

Dos días después tuve que ir a la casa del muerto por asuntos cuyo manejo había dejado a mi cargo. Al entrar sentí un olor punzante, que no me resultaba desconocido. Me recibió la hija, me llevó a una habitación y estábamos hablando cuando de pronto se pasó la mano por la frente con aire de fatiga, se puso de pie y marchó a

managed to clamber aboard, but my eyesight is no longer good enough for me to have been able at that distance to make out if he was on the tram. Besides, the tram must have passed at one point close by us: how was it that I had not noticed? However, there was no other solution, and these apparent miracles – due solely to our mixing things up – happen every day. And so I went home. But I cannot maintain that my sleep was peaceful.

The next morning I went off to the cemetery, for the burial, although – for all it may have grieved me – my feelings of sorrow for the dead man had been obliterated by the interest with which I was waiting to confront again the character from the previous evening.

I looked for him among those waiting for the funeral procession at the cemetery gate, among those who got out afterwards of the cars following the hearse, among the latecomers who arrived at the chapel only for the service, and also among those who were dispersing near the family vault. He was not there, and to tell the truth I was not surprised not to find him.

What did arouse my attention was the way people reacted to my questions, the people who had seen him as clearly as I the night before. They looked at me, sourly or still halfasleep, as if they did not know whom I was speaking to them about. Some mouthed monosyllables, which I could not understand; it seemed that, embarrassed by the events with which that character was associated, they had all decided to forget him, and not to know that he had existed. And I did not insist further.

Two days later I had to go to the house of the dead man in connexion with matters he had left it in my charge to handle. As I went in I smelt a pungent smell, which was not unfamiliar to me. His daughter received me, took me into a room, and we were talking when suddenly she drew her hand across her forehead with an air of fatigue, stood up

abrir la ventana. Mientras hacía esto, me preguntó si no notaba un olor extraño y desagradable. Le confesé que, en efecto, así era, y explicó que se debía al exceso de flores que se habían acumulado en la casa, que los tenía a todos completamente mareados y que no conseguían hacerlo desaparecer.

En ese momento identifiqué el olor; no tenía ninguna relación con las flores; era el mismo olor ácido, vagamente fétido, que había sentido cuando aquella noche mi acompañante se había quitado el saco. Pero asentí con un movimiento de cabeza a las palabras de la muchacha, preferí no decir nada.

and went to open the window. As she was doing so, she asked me if I had not noticed a strange and unpleasant smell. I admitted that in fact I had, and she explained that it was due to the profusion of flowers which had accumulated in the house; she said it was nauseating them all and that they could not make it go away.

At that moment I identified the smell: it had nothing to do with the flowers; it was the same sour, vaguely rank smell I had smelt when the man who was accompanying me that night had taken his jacket off. But I nodded agreement with the girl's words, and chose to say nothing.

ISABEL'S SOLILOQUY:
WATCHING THE RAIN IN MACONDO

GABRIEL GARCÍA MÁRQUEZ

Translated by Richard Southern

MONÓLOGO DE ISABEL VIENDO LLOVER
EN MACONDO

El invierno se precipitó un domingo a la salida de misa. La noche del sábado había sido sofocante. Pero aún en la mañana del domingo no se pensaba que pudiera llover. Después de misa, antes de que las mujeres tuviéramos tiempo de encontrar el broche de las sombrillas, sopló un viento espeso y obscuro que barrió en una amplia vuelta redonda el polvo y la dura yesca de mayo. Alguien dijo junto a mí: «Es viento de agua.» Y yo lo sabía desde antes. Desde cuando salimos al atrio y me sentí estremecida por la viscosa sensación en el vientre. Los hombres corrieron hacia las casas vecinas con una mano en el sombrero y un pañuelo en la otra, protegiéndose del viento y la polvareda. Entonces llovió. Y el cielo fue una substancia gelatinosa y gris que aleteó a una cuarta[1] de nuestras cabezas.

Durante el resto de la mañana mi madrastra y yo estuvimos sentadas junto al pasamano, alegres de que la lluvia revitalizara el romero y el nardo sedientos en las macetas después de siete meses de verano intenso, de polvo abrasante. Al mediodía cesó la reverberación de la tierra y un olor a suelo removido, a despierta y renovada vegetación, se confundió con el fresco y saludable olor de la lluvia con el romero. Mi padre dijo a la hora del almuerzo: «Cuando llueve en mayo es señal de que habrá buenas aguas.» Sonriente, atravesada por el hilo luminoso de la nueva estación, mi madrastra me dijo: «Eso lo oíste en el sermón.» Y mi padre sonrió. Y almorzó con buen apetito y hasta tuvo una entretenida digestión[2] junto al pasamano, silencioso, con los ojos cerrados pero sin dormir, como para creer que soñaba despierto.

ISABEL'S SOLILOQUY:
WATCHING THE RAIN IN MACONDO

Winter began suddenly one Sunday just after Mass. Saturday night had been suffocatingly hot. But even on Sunday morning no one had thought that it was going to rain. After Mass, before we women had had time to find the clasp of our parasols, there blew up a dense, dark wind, sweeping in a wide circle the dust and hard tinderwood of May. Someone beside me said: 'This is a rain-wind.' And I already knew it. Ever since we had gone out into the porch, and I had felt shaken by the viscous sensation in my stomach. The men ran to the near-by houses, each with one hand on his hat and a handkerchief in the other hand, shielding themselves from the wind and dust. Then it began to rain. And the sky became a gelatinous, grey substance that hovered a few inches above our heads.

During the rest of the morning my stepmother and I sat by the balcony-rail, pleased to think that the rain was reviving the rosemary and spikenard, parched with thirst in the flowerpots after seven months of intense summer, of scorching dust. At midday the drumming of the earth ceased, and an odour of turned soil, of awakened and renewed vegetation, mingled with the fresh and healthy scent of the rain on the rosemary. My father said at lunch-time: 'When it rains in May it is a sign of good rains later on.' Smiling, pierced through by the luminous thread of the new season, my stepmother said to me: 'You heard that in the sermon.' And my father smiled. And he ate up his lunch with gusto, and even spent a pleasant while digesting it, sitting by the balcony-rail, in silence, with his eyes closed, but without sleeping, as if to make one believe he were daydreaming.

Llovió durante toda la tarde en un solo tono.[3] En la intensidad uniforme y apacible se oía caer el agua como cuando se viaja toda la tarde en un tren. Pero sin que lo advirtiéramos, la lluvia estaba penetrando demasiado hondo en nuestros sentidos. En la madrugada del lunes, cuando cerramos la puerta para evitar el vientecillo cortante y helado que soplaba del patio, nuestros sentidos habían sido colmados por la lluvia. Y en la mañana del lunes los había rebasado.[4] Mi madrastra y yo volvimos a contemplar el jardín. La tierra áspera y parda de mayo se había convertido durante la noche en una substancia obscura y pastosa, parecida al jabón ordinario. Un chorro de agua comenzaba a correr por entre las macetas. «Creo que en toda la noche han tenido agua de sobra», dijo mi madrastra. Y yo advertí que había dejado de sonreír y que su regocijo del día anterior se había transformado en una seriedad laxa y tediosa. «Creo que sí – dije. – Será mejor que los guajiros[5] las pongan en el corredor mientras escampa.» Y así lo hicieron, mientras la lluvia crecía como un árbol inmenso sobre los árboles. Mi padre ocupó el mismo sitio en que estuvo la tarde del domingo, pero no habló de la lluvia. Dijo: «Debe ser que anoche dormí mal, porque me ha amanecido[6] doliendo el espinazo.» Y estuvo allí, sentado contra el pasamano, con los pies en una silla y la cabeza vuelta hacia el jardín vacío. Sólo al atardecer, después que se negó a almorzar, dijo: «Es como si no fuera a escampar nunca.» Y yo me acordé de los meses de calor. Me acordé de agosto, de esas siestas largas y pasmadas en que nos echábamos a morir bajo el peso de la hora, con la ropa pegada al cuerpo por el sudor, oyendo afuera el zumbido insistente y sordo de la hora sin transcurso. Vi las paredes lavadas, las junturas de la madera ensanchadas por el agua. Vi el jardincillo, vacío por primera vez, y el jazminero contra el muro, fiel al recuerdo de mi madre. Vi a mi padre sentado en el mecedor, recostadas en una almohada las vértebras doloridas, y los ojos tristes, perdidos

It rained solidly throughout the afternoon. In the uniform and placid intensity, one could hear the water falling, as when one travels all the afternoon in a train. But without our noticing it, the rain was penetrating too deeply into our senses. Early on Monday morning, when we closed the door to keep out the piercing, ice-cold draught that blew in from the courtyard, our senses had been filled to the brim by the rain. And on Monday morning they could no longer contain it. My stepmother and I looked once more at the garden. The rough brown earth of May had turned during the night into a dark, doughy substance, like cheap soap. A stream of water began to flow between the flowerpots. 'I think that during the night they've had more than enough watering,' said my stepmother. And I noticed that she had stopped smiling, and that her cheerfulness of the day before had given way to a relaxed and tedious gravity. 'I agree,' I replied. 'It would be better for the men to put them in the corridor until it clears up.' They did so, while the rain grew like an immense tree above all the other trees. My father sat in the place where he had sat on Sunday afternoon, but he did not mention the rain. He said: 'I must have slept badly last night, because since I awoke my back has been hurting.' And he remained there, sitting by the balcony-rail, with his feet on a chair and his head turned towards the empty garden. Only at dusk, after refusing to have any lunch at all, did he say: 'It's as though it were never going to clear up.' And I remembered the months of hot weather. I remembered August, and those long, benumbed siestas in which we lay down to die beneath the weight of the hour, our clothes sticking to our bodies with the sweat, hearing outside the insistent, dull throbbing of the unmoving hour. I saw the walls washed by the rain, the joints in the wood swollen by the damp. I saw the little garden, empty for the first time, and the jasmine-tree against the wall, faithful to my mother's memory. I saw my father sitting in the rocking-chair, resting his aching vertebrae against a pillow, and his eyes sorrowful, lost in the labyrinth of the rain. I remembered

en el laberinto de la lluvia. Me acordé de las noches de agosto, en cuyo silencio maravillado no se oye nada más que el ruido milenario que hace la Tierra girando en el eje oxidado y sin aceitar. Súbitamente me sentí sobrecogida por una agobiadora tristeza.

Llovió durante todo el lunes, como el domingo. Pero entonces parecía como si estuviera lloviendo de otro modo, porque algo distinto y amargo ocurría en mi corazón. Al atardecer dijo una voz junto a mi asiento: «Es aburridora esta lluvia.» Sin que me volviera a mirar, reconocí la voz de Martín. Sabía que él estaba hablando en el asiento del lado, con la misma expresión fría y pasmada que no había variado ni siquiera después de esa sombría madrugada de diciembre en que empezó a ser mi esposo. Habían transcurrido cinco meses desde entonces. Ahora yo iba a tener un hijo. Y Martín estaba allí, a mi lado, diciendo que le aburría la lluvia. «Aburridora no – dije –. Lo que me parece demasiado triste es el jardín vacío y esos pobres árboles que no pueden quitarse del patio.» Entonces me volví a mirarlo, y ya Martín no estaba allí. Era apenas una voz que me decía: «Por lo visto no piensa escampar nunca», y cuando miré hacia la voz sólo encontré la silla vacía.

El martes amaneció una vaca en el jardín. Parecía un promontorio de arcilla en su inmovilidad dura y rebelde, hundidas las pezuñas en el barro y la cabeza doblegada. Durante la mañana los guajiros trataron de ahuyentarla con palos y ladrillos. Pero la vaca permaneció imperturbable en el jardín, dura, inviolable, todavía las pezuñas hundidas en el barro y la enorme cabeza humillada por la lluvia. Los guajiros la acosaron hasta cuando la paciente tolerancia de mi padre vino en defensa suya: «Déjenla tranquila – dijo –. Ella se irá como vino.»

Al atardecer del martes el agua apretaba y dolía como una mortaja en el corazón. El fresco de la primera mañana empezó a convertirse en una humedad caliente y pastosa. La temperatura no era fría ni caliente; era una temperatura de escalofrío. Los pies sudaban dentro

the August nights, and their enchanted silence in which one hears nothing but the centuries-old sound of the earth turning on its rusty unoiled axis. I suddenly felt overcome by an oppressive melancholy.

It rained all day Monday, the same as on Sunday. But now it seemed to be raining in another way, because something different, and filled with bitterness, was happening in my heart. At nightfall a voice near my chair said: 'It's boring, this rain.' Without looking round, I recognized Martín's voice. I knew that he was speaking from the chair next to me, with the same cold, benumbed expression that had not altered even after that dark December morning when he had become my husband. Five months had passed by since then. Now I was going to have a baby. And Martín was sitting there, at my side, saying that the rain bored him. 'No, it's not boring,' I said. 'What seems to me so sad is the empty garden, and those poor trees that cannot be taken out of the courtyard.' Then I turned to face him, and he was gone. It was scarcely a voice that said to me: 'It looks as if it never intends to clear up', and when I looked towards the voice I found only an empty chair.

On Tuesday morning, we found a cow in the garden. She looked like a promontory of clay in her stubborn, rebellious immobility, her hooves buried in the mud, and her head hanging low. During the morning the men tried to drive her out with clubs and bricks. But the cow remained imperturbable in the garden, stubborn, inviolable, with her hooves still buried in the mud and her enormous head bowed down by the rain. The men went on worrying her until the patient tolerance of my father came to her rescue: 'Leave her alone,' he said. 'She'll go out the way she came in.'

By nightfall on Tuesday the rain was pressing and hurting like a shroud round the heart. The freshness of the first morning began to turn into a warm, doughy humidity. The temperature was neither cold nor hot, but both at once, as in a fever. Our feet sweated in our shoes. We did not know

71

de los zapatos. No se sabía qué era más desagradable, si
la piel al descubierto o el contacto de la ropa en la piel.
En la casa había cesado toda actividad. Nos sentamos en
el corredor, pero ya no contemplábamos la lluvia como
el primer día. Ya no la sentíamos caer. Ya no veíamos
sino el contorno de los árboles en la niebla, en un
atardecer triste y desolado que dejaba en los labios el
mismo sabor con que se despierta después de haber
soñado con una persona desconocida. Yo sabía que era
martes y me acordaba de las mellizas de San Jerónimo,
de las niñas ciegas que todas las semanas vienen a la
casa a decirnos canciones simples, entristecidas por el
amargo y desamparado prodigio de sus voces. Por
encima de la lluvia yo oía la cancioncilla de las mellizas
ciegas y las imaginaba en su casa, acuclilladas, aguardando a que cesara la lluvia para salir a cantar. Aquel día
no llegarían las mellizas de San Jerónimo, pensaba yo,
ni la pordiosera estaría en el corredor después de la
siesta, pidiendo, como todos los martes, la eterna
ramita de toronjil.[7]

Ese día perdimos el orden de las comidas. Mi madrastra sirvió a la hora de la siesta un plato de sopa simple
y un pedazo de pan rancio. Pero en realidad no co-
míamos desde el atardecer del lunes y creo que desde
entonces dejamos de pensar. Estábamos paralizados,
narcotizados por la lluvia, entregados al derrumbamiento
de la naturaleza en una actitud pacífica y resignada.
Sólo la vaca se movió en la tarde. De pronto, un profundo
rumor sacudió sus entrañas y las pezuñas se hundieron
en el barro con mayor fuerza. Luego permaneció
inmóvil durante media hora, como si ya estuviera
muerta, pero no pudiera caer porque se lo impedía
la costumbre de estar viva, el hábito de estar en una
misma posición bajo la lluvia, hasta cuando la costumbre
fue más débil que el cuerpo. Entonces dobló las patas
delanteras (levantadas todavía en un último esfuerzo
agónico las ancas brillantes y obscuras), hundió el babeante
hocico en el lodazal y se rindió por fin al peso de su

which was the more disagreeable, our bare skin or the contact of our clothes with our skin. All activity in the house had ceased. We sat in the corridor, but we no longer contemplated the rain as on the first day. We no longer heard it falling. Now we saw only the silhouette of the trees in the mist, in a sad and desolate dusk that left on the lips the same taste with which one wakes after dreaming of an unknown person. I knew it was Tuesday, and I remembered the twin sisters from San Jerónimo, the blind girls who come to the house every week to sing us simple songs, saddened by the bitter and helpless prodigy of their voices. Above the rain I heard the song of the blind twins, and I imagined them in their home, squatting on their haunches, waiting for the rain to stop so that they could go out and sing. That day the twins from San Jerónimo would not come, I thought, nor would the beggar-woman be in the corridor after the *siesta*, asking, as she did every Tuesday, for the eternal sprig of balm.

That day we lost all count of meals. My stepmother served us, during the *siesta* hour, a bowl of plain soup and a piece of stale bread. But we had not really had a proper meal since Monday evening, and I believe that since then we had stopped thinking. We were paralysed, drugged by the rain, yielding to the collapse of Nature in an attitude of tranquillity and resignation. Only the cow moved in the afternoon. All of a sudden, a deep rumbling shook her insides, and her hooves sank even deeper into the mud. Then she remained motionless for half an hour, as if she were already dead, but she could not fall because she was prevented by the sheer habit of being alive, the habit of standing in the same position beneath the rain, until at last habit was weaker than her body. Then she bent her forelegs, lifting in a last desperate effort her dark, glistening rump, plunged her slavering nose into the mud, and sank at last under her own physical weight in a silent, gradual and stately ceremony of total collapse. 'That's as far as she got,' said some-

propia materia en una silenciosa, gradual y digna ceremonia de total derrumbamiento. «Hasta ahí llegó», dijo alguien a mis espaldas. Y yo me volví a mirar y vi en el umbral a la pordiosera de los martes que venía a través de la tormenta a pedir la ramita de toronjil.

Tal vez el miércoles me habría acostumbrado a ese ambiente sobrecogedor si al llegar a la sala no hubiera encontrado la mesa recostada contra la pared, los muebles amontonados encima de ella, y del otro lado, en un parapeto improvisado durante la noche, los baúles y las cajas con los utensilios domésticos. El espectáculo me produjo una terrible sensación de vacío. Algo había sucedido durante la noche. La casa estaba en desorden; los guajiros sin camisa y descalzos, con los pantalones enrollados hasta las rodillas, transportaban los muebles al comedor. En la expresión de los hombres, en la misma diligencia con que trabajaban se advertía la crueldad de la frustrada rebeldía, de la forzosa y humillante inferioridad bajo la lluvia. Yo me movía sin dirección, sin voluntad. Me sentía convertida en una pradera desolada, sembrada de algas y líquenes, de hongos viscosos y blandos, fecundada por la repugnante flora de la humedad y las tinieblas. Yo estaba en la sala contemplando el desierto espectáculo de los muebles amontonados cuando oí la voz de mi madrastra en el cuarto advirtiéndome que podía contraer una pulmonía. Sólo entonces caí en la cuenta de que el agua me daba a los tobillos, de que la casa estaba inundada, cubierto el piso por una gruesa superficie de agua viscosa y muerta.

Al mediodía del miércoles no había acabado de amanecer. Y antes de las tres de la tarde la noche había entrado de lleno, anticipada y enfermiza, con el mismo lento y monótono y despiadado ritmo de la lluvia en el patio. Fue un crepúsculo prematuro, suave y lúgubre, que creció en medio del silencio de los guajiros, que se acuclillaron en las sillas, contra las paredes, rendidos e impotentes ante el disturbio de la naturaleza. Entonces fue cuando empezaron a llegar noticias de la

one behind me. And, looking round, I saw in the doorway the beggar-woman who always came on Tuesdays, who had walked there through the storm to ask for the sprig of balm.

Perhaps on Wednesday I would have accustomed myself to that atmosphere of apprehension if, when I reached the drawing-room, I had not found the table pushed back against the wall, with the furniture piled on top of it, and on the other side, on a parapet improvised during the night, the trunks and boxes filled with the household things. The sight produced in me a terrible sensation of emptiness. Something had happened during the night. The house was in chaos; the labourers, shirtless and barefoot, with their trousers rolled up to their knees, were shifting the furniture into the dining-room. In the men's expression, in the very diligence with which they worked, there showed the harshness of frustrated rebellion, of their forced and humiliating inferiority beneath the rain. I moved without any sense of direction, my willpower gone. I felt as though I had been transformed into a desolate plain, sown with algae and lichen, of viscous and soft fungus, fertilized by the repugnant flora of damp and darkness. I was in the drawing-room contemplating the desolate spectacle of the piled-up furniture, when I heard the voice of my stepmother in the bedroom warning me that I would catch my death of cold. Only then did I realize that the water was up to my ankles, that the house was flooded, and that the floor was covered with a layer of viscous, dead water.

At noon on Wednesday it was still not really daylight. And by three o'clock night had begun to fall, premature and sickly, with the same slow, monotonous and pitiless rhythm as the rain in the courtyard. It was an early dusk, soft and sorrowful, that grew up in the midst of the silence of the labourers, who sat around in chairs, against the walls, exhausted and impotent in the face of the upheaval of the natural order. It was then that news from the street began to arrive. No one brought it to the house. It simply arrived,

75

calle. Nadie las traía a la casa. Simplemente llegaban, precisas, individualizadas, como conducidas por el barro líquido que corría por las calles y arrastraba objetos domésticos, cosas y cosas, destrozos de una remota catástrofe, escombros y animales muertos. Hechos ocurridos el domingo, cuando todavía la lluvia era el anuncio de una estación providencial, tardaron dos días en conocerse en la casa. Y el miércoles llegaron las noticias, como empujadas por el propio dinamismo interior de la tormenta. Se supo entonces que la iglesia estaba inundada y se esperaba su derrumbamiento. Alguien que no tenía por qué saberlo, dijo esa noche: «El tren no puede pasar el puente desde el lunes. Parece que el río se llevó los rieles.» Y se supo que una mujer enferma había desaparecido de su lecho y había sido encontrada esa tarde flotando en el patio.

Aterrorizada, poseída por el espanto y el diluvio, me senté en el mecedor con las piernas encogidas y los ojos fijos en la obscuridad húmeda y llena de turbios presentimientos. Mi madrastra apareció en el vano de la puerta, con la lámpara en alto y la cabeza erguida. Parecía un fantasma familiar ante el cual yo no sentía sobresalto alguno porque yo misma participaba de su condición sobrenatural. Vino hasta donde yo estaba. Aún mantenía la cabeza erguida y la lámpara en alto, y chapaleaba en el agua del corredor. «Ahora tenemos que rezar», dijo. Y yo vi su rostro seco y agrietado, como si acabara de abandonar una sepultura o como si estuviera fabricada en una substancia distinta de la humana. Estaba frente a mí, con el rosario en la mano, diciendo: «Ahora tenemos que rezar. El agua rompió las sepulturas y los pobrecitos muertos están flotando en el cementerio.»

Tal vez había dormido un poco esa noche cuando desperté sobresaltada por un olor agrio y penetrante como el de los cuerpos en descomposición. Sacudí con fuerza a Martín, que roncaba a mi lado. «¿No lo sientes?», le dije. Y él dijo: «¿Qué?» Y yo dije: «El olor. Deben ser los muertos que están flotando por las

precise, individualized, as though borne on the liquid mud that streamed down the streets carrying with it household things, objects and objects, debris from a faraway catastrophe, rubbish and dead animals. The events of Sunday, when the rain had still been looked on as the harbinger of a good season, took two days to reach the house. And on the Wednesday the news arrived, as if impelled by the very internal dynamism of the storm. It was known that the church was flooded and that its collapse was expected. Somebody, who had no particular reason to know the fact, said that night: 'The train has not been able to cross the bridge since Monday. It seems that the river carried the tracks away.' And it was learned that a sick woman had disappeared from her bed, and had been found that same evening floating in the courtyard.

Terrified, overwhelmed by the horror and the deluge, I sat down in the rocking-chair with my legs curled up under me and my eyes fixed on the darkness, which was damp and full of sombre forebodings. My stepmother appeared in the doorway, with the lamp held above her and her head erect. She seemed like a familiar ghost before whom I felt no fright because I too shared her supernatural condition. She came over to me. She still held her head erect and the lamp above her, and paddled about in the water in the corridor. 'Now we must pray,' she said. And I saw her dry, cracked face – it was as though she had just stepped out of the grave or were not made of human substance. She stood before me, with her rosary in her hand, and said: 'Now we must pray. The water has broken open the tombs, and all those poor dead people are floating about in the cemetery.'

Perhaps I had slept only a short while that night, when I awoke, startled by a sour and penetrating smell like that of decomposing corpses. I shook Martín, who was snoring beside me. 'Can't you smell it?' I asked him. And he said: 'What?' And I said: 'That smell. It must be the dead floating in the streets.' And I felt terrified by the very

77

calles». Yo me sentía aterrorizada por aquella idea, pero Martín se volteó contra la pared y dijo con la voz ronca y dormida: «Son cosas tuyas. Las mujeres embarazadas siempre están con imaginaciones.»

Al amanecer del jueves cesaron los olores, se perdió el sentido de las distancias. La noción del tiempo, trastornada desde el día anterior, desapareció por completo. Entonces no hubo jueves. Lo que debía serlo fue una cosa física y gelatinosa que habría podido apartarse con las manos para asomarse al viernes. Allí no había hombres ni mujeres. Mi madrastra, mi padre, los guajiros eran cuerpos adiposos e improbables que se movían en el tremedal del invierno. Mi padre me dijo: «No se mueva de aquí hasta cuando no le diga qué se hace», y su voz era lejana e indirecta y no parecía percibirse con los oídos sino con el tacto, que era el único sentido que permanecía en actividad.

Pero mi padre no volvió: se extravió en el tiempo. Así que cuando llegó la noche llamé a mi madrastra para decirle que me acompañara al dormitorio. Tuve un sueño pacífico, sereno, que se prolongó a lo largo de toda la noche. Al día siguiente la atmósfera seguía igual, sin color, sin olor, sin temperatura. Tan pronto como desperté salté a un asiento y permanecí inmóvil, porque algo me indicaba que todavía una zona de mi conciencia no había despertado por completo. Entonces oí el pito del tren. El pito prolongado y triste del tren fugándose de la tormenta. «Debe haber escampado en alguna parte», pensé, y una voz a mis espaldas pareció responder a mi pensamiento: «Dónde . . .», dijo. «¿Quién está ahí?», dije yo, mirando. Y vi a mi madrastra con un brazo largo y escuálido hacia la pared. «Soy yo», dijo. Y yo le dije: «¿Los oyes?» Y ella dijo que sí, que tal vez habría escampado en los alrededores y habían reparado las líneas. Luego me entregó una bandeja con el desayuno humeante. Aquello olía a salsa de ajo y a manteca hervida. Era un plato de sopa. Desconcertada le pregunté a mi madrastra por

thought, but Martín turned his face to the wall and said in a hoarse, sleepy voice: 'Oh, that's just *you*. Pregnant women are always imagining things.'

At dawn on Thursday the smell had disappeared, and all sense of distance was lost. The notion of time, upset since the previous day, vanished completely. We had no Thursday at all. What should have been Thursday was a solid, gelatinous substance that one could have pushed aside with one's hands in order to reach Friday. Men and women were no longer distinguishable. My stepmother, my father, the labourers were adipose and improbable bodies moving in the quagmire of winter. My father said to me: 'Don't move from here until I tell you what's going on', and his voice was distant and indirect and seemed to be sensed not with the hearing but by touch, which was the only sense that remained active.

But my father did not return: he was lost in time. So that when night fell, I called my stepmother and asked her to accompany me to the bedroom. I slept a calm, untroubled sleep, that lasted throughout the night. On the following day the atmosphere was the same, colourless, odourless, without temperature. As soon as I awoke I jumped out of bed and sat down in a chair, where I remained motionless, because something told me that a zone of my consciousness had still not fully awoken. Then I heard the whistle of the train. The long, sad whistle of the train fleeing from the storm. 'It must have cleared up somewhere,' I thought, and a voice behind me seemed to answer my thought: 'Where?' it said. 'Who's there?' I asked, looking round. And I saw my stepmother standing there with a long and skinny arm extended towards the wall. 'It is I,' she said. And I said to her: 'Do you hear it?' And she said that she did, that perhaps it had cleared up somewhere in the neighbourhood and they had repaired the tracks. Then she handed me a tray with my breakfast steaming on it. It smelt of garlic sauce and boiled fat. It was a plate of soup. Disconcerted, I asked my stepmother what time it was. And she, quite calmly, her voice expressive of

la hora. Y ella, calmadamente, con una voz que sabía a postrada resignación, dijo: «Deben ser las dos y media, más o menos. El tren no lleva retraso después de todo.» Yo dije: «¡Las dos y media! ¡Cómo hice para dormir tanto!» Y ella dijo: «No has dormido mucho. A lo sumo serán las tres.» Y yo, temblando, sintiendo resbalar el plato entre mis manos: «Las dos y media del viernes...», dije. Y ella, monstruosamente tranquila: «Las dos y media del jueves, hija. *Todavía* las dos y media del jueves.»

No sé cuánto tiempo estuve hundida en aquel sonambulismo en que los sentidos perdieron su valor. Sólo sé que después de muchas horas incontables oí una voz en la pieza vecina. Una voz que decía: «Ahora puedes rodar la cama para ese lado.» Era una voz fatigada, pero no voz de enfermo, sino de convaleciente. Después oí el ruido de los ladrillos en el agua. Permanecí rígida antes de darme cuenta de que me encontraba en posición horizontal. Entonces sentí el vacío inmenso. Sentí el trepidante y violento silencio de la casa, la inmovilidad increíble que afectaba todas las cosas. Y súbitamente sentí el corazón convertido en una piedra helada. «Estoy muerta – pensé –. Dios. Estoy muerta.» Di un salto en la cama. Grité: «¡Ada, Ada!» La voz desabrida de Martín me respondió desde el otro lado «No pueden oirte porque ya están afuera.» Sólo entonces me di cuenta de que había escampado y de que en torno a nosotros se extendía un silencio, una tranquilidad, una beatitud misteriosa y profunda, un estado perfecto que debía ser muy parecido a la muerte. Después se oyeron pisadas en el corredor. Se oyó una voz clara y completamente viva. Luego un vientecito fresco sacudió la hoja de la puerta, hizo crujir la cerradura, y un cuerpo sólido y momentáneo, como una fruta madura, cayó profundamente en la alberca del patio. Algo en el aire denunciaba la presencia de una persona invisible que sonreía en la obscuridad. «Dios mío – pensé entonces, confundida por el trastorno del tiempo –. Ahora no me sorprendería de que me llamaran para asistir a la misa del domingo pasado.»

prostrate resignation, said: 'It must be about half past two. The train's on time, after all.' I said: 'Half past two! How on earth did I sleep so long?' And she said: 'You haven't slept very long. It's three o'clock at the latest.' And I, trembling all over, feeling the plate slipping from between my hands, said: 'Half past two on Friday . . .' And she, deadly calm, said: 'Half past two on Thursday, girl. It's *still* half past two on Thursday.'

I do not know for how long I remained plunged in that somnambulistic state where the senses lose all their force. I only know that after many uncountable hours I heard a voice in the next room. A voice saying: 'Now you can move the bed over there.' It was a tired voice, but not the voice of a sick person, but of a convalescent. Then I heard the sound of bricks in the water. I remained rigid, until I realized that I was lying down. Then I felt the sensation of immense emptiness. I felt the vibrant, violent silence of the house, the incredible immobility that affected everything. And suddenly I felt my heart turned to a frozen stone. 'I'm dead,' I thought. 'Oh, God! I'm dead.' I jumped up in bed. I shouted: 'Ada, Ada!' The flat voice of Martín answered from the other side: 'They can't hear you because they're already outside.' Only then did I realize that it had cleared up, and that around us there stretched a silence, a tranquillity, a mysterious and profound calm, a state of perfection that must be very like death itself. Then footsteps were heard in the corridor. A voice rang out, clear and fully alive. Then a fresh gust shook the door, making the lock creak, and a solid and momentary body, like a ripe fruit, fell deep into the pool in the courtyard. Something in the air betrayed the presence of an invisible person smiling in the darkness. 'My God,' I thought then, confused by the upsetting of time, 'right now it wouldn't surprise me if they called me to go to last Sunday's Mass.'

WELCOME, BOB
JUAN CARLOS ONETTI

Translated by Donald L. Shaw

BIENVENIDO, BOB

Es seguro que cada día estará más viejo, más lejos del tiempo en que se llamaba Bob, del pelo rubio colgando en la sien, la sonrisa y los lustrosos ojos, de cuando entraba silencioso en la sala, murmurando un saludo o moviendo un poco la mano cerca de la oreja, e iba a sentarse bajo la lámpara, cerca del piano, con un libro, o simplemente quieto y aparte, abstraído, mirándonos durante una hora sin un gesto en la cara,[1] moviendo de vez en cuando los dedos para manejar el cigarrillo y limpiar de cenizas la solapa de sus trajes claros.

Igualmente lejos – ahora que se llama Roberto y se emborracha con cualquier cosa, protegiéndose la boca con la mano sucia cuando tose – del Bob que tomaba cerveza, dos vasos solamente en la más larga de las noches, con una pila de monedas de diez sobre su mesa de la cantina del club para gastar en la máquina de discos. Casi siempre solo, escuchando *jazz*, la cara soñolienta, dichosa y pálida, moviendo apenas la cabeza para saludarme cuando yo pasaba, siguiéndome con los ojos tanto tiempo como yo me quedara, tanto tiempo como me fuera posible soportar su mirada azul[2] detenida incansablemente en mí, manteniendo sin esfuerzo el intenso desprecio y la burla más suave.[3] También con algún otro muchacho, los sábados, alguno tan rabiosamente joven como él, con quien conversaba de solos, trompas y coros[4] y de la infinita ciudad que Bob construiría sobre la costa cuando fuera arquitecto. Se interrumpía al verme pasar para hacerme el breve saludo y no sacar ya los ojos de mi cara, resbalando palabras apagadas y sonrisas por una punta de la boca hacia el compañero, que

84

WELCOME, BOB

One thing is certain: that every day he will be older, further away from the time when he used to be called Bob, with his fair hair hanging over one of his temples, his smile and his sparkling eyes, further away from the time when he used to come silently into the room, murmuring a greeting or waving his hand slightly at the level of his ear; then he would go and sit down under the lamp near the piano with a book, or merely stay silent and apart, lost in his own thoughts, watching us for an hour at a time without moving a muscle of his face, only altering the position of his fingers from time to time in order to cope with his cigarette and brush the ash off the lapels of his light suit.

He is just as far away – now that he is called Robert and gets drunk on any old thing, covering his mouth with his dirty hand when he coughs – from the Bob who only used to drink beer, and then no more than two glasses during the longest of evenings, and who would have a pile of ten-cent pieces on his table in the bar of the club to put in the juke-box. Almost always alone, listening to jazz, his face sleepy, happy and pale, hardly moving his head to greet me as I passed, following me with his eyes all the time I stayed, as long as I could stand the gaze of his blue eyes fixed tirelessly on me, keeping up effortlessly a look of intense contempt and gentlest mockery.[3] He used also to be with some other young fellow, on Saturdays, someone as rabidly young as he was, with whom he talked, just the two of them, very animatedly about the vast city which Bob would build on the coast when he became an architect. He used to interrupt the conversation on seeing me pass by to give me a brief greeting. Thereafter he would never take his eyes off my face as he shot smiles and muttered comments out of the corner of his mouth to his companion, who always finished up

terminaba siempre por mirarme y duplicar en silencio el desprecio y la burla.

A veces me sentía fuerte y trataba de mirarlo: apoyaba la cara en una mano y fumaba encima de mi copa mirándolo sin pestañear, sin apartar la atención de mi rostro, que debía sostenerse frío, un poco melancólico. En aquel tiempo Bob era muy parecido a Inés; podía ver algo de ella en su cara a través del salón del club, y acaso alguna noche lo haya mirado como la miraba a ella. Pero casi siempre prefería olvidar los ojos de Bob y me sentaba de espaldas a él y miraba las bocas de los que hablaban en mi mesa, a veces callado y triste para que él supiera que había en mí algo más que aquello por lo que me había juzgado, algo próximo a él; a veces me ayudaba con unas copas y pensaba: «Querido Bob, andá a contárselo a tu hermanita», mientras acariciaba las manos de las muchachas sentadas a mi mesa o estiraba[5] una teoría cínica sobre cualquier cosa, para que ellas rieran y Bob lo oyera.

Pero ni la actitud ni la mirada de Bob mostraban ninguna alteración en aquel tiempo, hiciera yo lo que hiciere. Sólo recuerdo esto como una prueba de que él anotaba mis comedias en la cantina. Una noche, en su casa, estaba esperando a Inés en la sala, junto al piano, cuando entró él. Tenía un impermeable cerrado hasta el cuello, las manos en los bolsillos. Me saludó moviendo la cabeza, miró alrededor en seguida y avanzó en la habitación como si me hubiera suprimido con la rápida cabezada; lo vi moverse dando vueltas junto a la mesa, sobre la alfombra, andando sobre ella con sus amarillos zapatos de goma. Tocó una flor con un dedo, se sentó en el borde de la mesa y se puso a fumar mirando el florero, el sereno perfil puesto hacia mí, un poco inclinado, flojo y pensativo. Imprudentemente – yo estaba de pie recostado en el piano – empujé con mi mano izquierda una tecla grave y quedé ya obligado a repetir el sonido cada tres segundos, mirándolo.

staring at me too and silently echoing the contempt and mockery.

At times I felt strong and tried to look back at him: I used to rest my cheek on my hand and sit smoking over my drink, looking at him unwinkingly, without ever relaxing attention from my face, which was intended to maintain a cold, slightly melancholy look. At that time, Bob was very like Inés in looks; I could see something of her in his face across the club-room, and maybe some evening or other I might even have looked at him as I used to look at her. But almost always I preferred to forget Bob's eyes and I would sit with my back to him watching the mouths of those who were talking at my table, sometimes looking quiet and sad so that he should know that there was something more in me than he judged, something close to his own nature. Sometimes I boosted myself with a few drinks and thought: 'Go and tell your little sister about this, Bob, dear boy', while I stroked the hands of the girls sitting at my table. Or else I developed to excess a cynical theory about something or other, so that they would laugh and Bob would hear it.

But neither Bob's attitude nor his expression showed any alteration at that time, whatever I did. I only remember this incident as a proof of the fact that he took notice of my play-acting in the bar. One evening, at their house, I was waiting for Inés in the lounge, near the piano, when he came in. He was wearing a raincoat buttoned up to the neck and had his hands in his pockets. He greeted me with a nod of his head, then looked around and came on into the room as if he had annihilated me completely with that rapid nod; I could see him walking up and down near the table, on the carpet, tramping over it with his yellow rubber shoes. He touched a flower with his finger, sat down on the edge of the table and started smoking, looking at the flower-vase. His serene profile was turned towards me, his head slightly bowed, his face slack and pensive. Unwisely – I was standing leaning on the piano – I pushed down with my left hand one of the low keys and was then obliged to repeat the sound every three seconds, watching him.

Yo no tenía por él más que odio y un vergonzante respeto, y seguí hundiendo la tecla, clavándola con una cobarde ferocidad en el silencio de la casa, hasta que repentinamente quedé situado afuera, observando la escena como si estuviera en lo alto de la escalera o en la puerta, viéndolo y sintiéndolo a él, Bob, silencioso y ausente junto al hilo de humo de su cigarrillo que subía temblando; sintiéndome a mí, alto y rígido, un poco patético, un poco ridículo en la penumbra, golpeando cada tres exactos segundos la tecla grave con mi índice. Pensé entonces que no estaba haciendo sonar el piano por una incomprensible bravata, sino que lo estaba llamando; que la profunda nota que tenazmente hacía renacer mi dedo en el borde de cada última vibración era, al fin encontrada, la única palabra pordiosera con que se podía pedir tolerancia y comprensión a su juventud implacable. Él continuó inmóvil hasta que Inés golpeó arriba la puerta del dormitorio antes de bajar a juntarse conmigo. Entonces Bob se enderezó y vino caminando con pereza hasta el otro extremo del piano, apoyó un codo, me miró un momento y después dijo con una hermosa sonrisa: «¿Esta noche es una noche de leche o de *whisky*? ¿Ímpetu de salvación o salto en el abismo?»

No podía contestarle nada, no podía deshacerle la cara de un golpe; dejé de tocar la tecla y fui retirando lentamente la mano del piano. Inés estaba en mitad de la escalera cuando él me dijo, mientras se apartaba: «Bueno, puede ser que usted improvise.»

El duelo duró tres o cuatro meses, y yo no podía dejar de ir por las noches al club – recuerdo, de paso, que había campeonato de tenis por aquel tiempo –, porque cuando me estaba algún tiempo sin aparecer por allí, Bob saludaba mi regreso aumentando el desdén y la ironía en sus ojos y se acomodaba en el asiento con una mueca feliz.

Cuando llegó el momento de que yo no pudiera desear otra solución que casarme con Inés cuanto antes, Bob y

I felt for him no more than hatred and shamefaced respect, and I went on banging down the key, hammering it with a cowardly ferocity in the silence of the house, until suddenly I found myself outside it all, observing the scene, as if I were standing at the top of the staircase or in the doorway, seeing him and sensing him, Bob, silent and absent beside the thin wisp of smoke of his cigarette which rose trembling upwards. I felt tall and stiff, rather pathetic, rather ridiculous in the half-light, every three seconds exactly striking the low key with my forefinger. Then the thought struck me that I was not making this noise on the piano out of incomprehensible bravado, but that I was calling him; that the deep note which my finger kept on obstinately sounding at the very end of each final vibration was, now that I had finally found it, the only word of supplication with which one could ask for tolerance and comprehension from his implacable youthfulness. He remained motionless until Inés slammed the bedroom-door upstairs before coming down to join me. Then he straightened up and came walking lazily across to the other end of the piano, leaned an elbow on it, looked at me for a moment and afterwards said with an attractive smile: 'What's on tonight? Milk or whisky? Do you feel the urge for salvation or do you want a leap into the unknown?'

I couldn't answer anything, nor could I smash his face in. I stopped striking the key and drew my hand slowly away from the piano. Inés was halfway downstairs when he said, moving away: 'All right, maybe you'll just decide on the spur of the moment.'

The duel lasted three or four months. I just couldn't stop going to the club in the evenings – I remember in passing that there was a tennis tournament going on at that time – because whenever I remained some time without putting in an appearance, Bob greeted my return by increasing the contempt and irony in his eyes and then would settle back into his chair comfortably with a happy grimace.

When the moment arrived at which I could not want any other solution than that of marrying Inés as soon as possible,

su táctica cambiaron. No sé cómo supo de mi necesidad
de casarme con su hermana y de cómo yo había abrazado
aquella necesidad con todas las fuerzas que me quedaban. Mi amor de aquella necesidad había suprimido el
pasado y toda atadura con el presente. No reparaba
entonces en Bob; pero poco tiempo después hube de
recordar cómo había cambiado en aquella época y alguna
vez quedé inmóvil, de pie en una esquina, insultándolo
entre dientes, comprendiendo que entonces su cara había
dejado de ser burlona, y me enfrentaba con seriedad y un
intenso cálculo, como se mira un peligro o una tarea
compleja, como se trata de valorar el obstáculo y medirlo
con las fuerzas de uno. Pero yo no le daba ya importancia,
y hasta llegué a pensar que en su cara inmóvil y fija
estaba naciendo la comprensión por lo fundamental mío,
por un viejo pasado de limpieza[7] que la adorada necesidad de casarme con Inés extraía de abajo de años y
sucesos para acercarme a él.

Después vi que estaba esperando la noche; pero lo vi
recién cuando aquella noche llegó Bob y vino a sentarse
a la mesa donde yo estaba solo y despidió al mozo con
una seña. Esperé un rato, mirándolo: era tan parecido a
ella cuando movía las cejas, y la punta de la nariz, como
a Inés, se le aplastaba un poco cuando conversaba.
«Usted no se va a casar con Inés», dijo después. Lo miré,
sonreí, dejé de mirarlo. «No, no se va a casar con ella
porque una cosa así se puede evitar si hay alguien de
veras resuelto a que no se haga.» Volví a reírme. «Hace
unos años – le dije – eso me hubiera dado muchas ganas
de casarme con Inés. Ahora no agrega ni saca.[8] Pero
puedo oírlo; si quiere explicarme ...» Enderezó la
cabeza y continuó mirándome en silencio; acaso tuviera
prontas las frases y esperaba a que yo completara la mía
para decirlas. «Si quiere explicarme por qué no quiere
que yo me case con ella», pregunté lentamente y me
recosté en la pared. Vi en seguida que yo no había
sospechado nunca cuánto y con cuánta resolución me

Bob and his tactics changed. I don't know how he got to
know of my need to marry his sister and of how I had
embraced that need with all the strength I had left. My
passionate need had suppressed both the past and any link
with the present. I didn't notice Bob then. But shortly afterwards I had cause to remember how he had changed at that
period, and once or twice I stood there motionless in a corner muttering insulting things about him between my teeth,
realizing that by this time his face had stopped being mocking and that he was facing me with seriousness and intense
calculation, just as one faces danger or a complex job of
work, just as one tries to evaluate the obstacle and measure it
against one's strength. But I didn't attach importance to it
any longer, and even came to think that in his motionless and
fixed features there was a growing understanding of something fundamental in me, of an old past life of decent be-
haviour which my heartfelt need to marry Inés was
bringing out from beneath the years and events to draw me
close to him.

Afterwards I saw that he was waiting for the evening. But
I had only just realized this when that evening Bob arrived
and came to sit at the table where I was alone, dismissing
the waiter with a gesture. I waited a moment, looking at
him. He was so like her when he moved his eyebrows; and
the end of his nose, just like Inés's, became slightly flat-
tened when he started talking; 'You are not going to marry
Inés,' he said presently. I looked at him, smiled and
looked away. 'No, you're not going to marry her because a
thing like that can be avoided if someone is really determined that it shouldn't happen.' I laughed again. 'A few
years ago,' I told him, 'that would have made me very keen
indeed to marry Inés. Now it makes no difference, one way
or the other. But I can hear you out. If you want to explain
to me . . .' He raised his head and went on looking at me in
silence; perhaps he had the phrases ready and was waiting
for me to finish my sentence in order to say them. 'If you
want to explain to me why you don't want me to marry her,'
I went on slowly and leaned back against the wall. I saw at

odiaba; tenía la cara pálida, con una sonrisa sujeta y apretada con labios y dientes.

«Habría que dividirlo por capítulos – dijo –, no terminaría en la noche. Pero se puede decir en dos o tres palabras. Usted no se va a casar con ella porque usted es viejo y ella es joven. No sé si usted tiene treinta o cuarenta años, no importa. Pero usted es un hombre hecho, es decir deshecho,[9] como todos los hombres a su edad cuando no son extraordinarios.» Chupó el cigarrillo apagado, miró hacia la calle y volvió a mirarme; mi cabeza estaba apoyada contra la pared y seguía esperando. «Claro que usted tiene motivos para creer en lo extraordinario suyo.[10] Creer que ha salvado muchas cosas del naufragio. Pero no es cierto.» Me puse a fumar de perfil a él; me molestaba, pero no le creía; me provocaba un tibio odio, pero yo no estaba seguro de que nada me haría dudar de mí mismo después de haber conocido la necesidad de casarme con Inés. No: estábamos en la misma mesa y yo era tan limpio y tan joven como él. «Usted puede equivocarse – le dije –. Si usted quiere nombrar algo de lo que hay deshecho en mí ...» «No, no – dijo rápidamente –, no soy tan niño. No entro en ese juego. Usted es egoísta; es sensual de una sucia manera. Está atado a cosas miserables y son las cosas las que lo arrastran. No va a ninguna parte, no lo desea realmente. Es eso, nada más; usted es viejo y ella es joven. Ni siquiera debo pensar en ella frente a usted. Y usted pretende ...» Tampoco entonces podía yo romperle la cara, así que resolví prescindir de él, fui al aparato de música, marqué cualquier cosa y puse una moneda. Volví despacio al asiento y escuché. La música era poco fuerte; alguien cantaba dulcemente en el interior de grandes pausas. A mi lado Bob estaba diciendo que ni siquiera él, alguien como él, era digno de mirar a Inés en los ojos. Pobre chico, pensé con admiración. Estuvo diciendo que en aquello que él llamaba vejez, lo más repugnante, lo que determinaba la descomposición, o

once that I hadn't suspected to what extent and with what
determination he hated me. His face was pale, with a forced
tense smile of lips and teeth.

'One really ought to divide it into chapters,' he said,
'there's too much to get through in one night. But it can all
be said in a few words. You aren't going to marry her because you are old and she is young. I don't know whether
you are thirty or forty – it doesn't matter. But you're a man
who is already mature, in other words destroyed, like all
men of your age unless they are quite exceptional.' He drew
on his cigarette which had gone out, looked towards the
street and then at me again. My head was resting against the
wall and I went on waiting. 'Obviously you have your reas-
ons for believing that you are exceptional, for believing that
you have saved plenty from the wreck. But it isn't true.' I
started smoking with my face turned away from him. He
worried me, but I didn't believe him. He aroused in me a
tepid sort of hatred, but I wasn't sure that anything would
make me doubt myself after having realized the necessity of
marrying Inés. No, we were at the same table and I was as
clean and young as he was. 'You could be making a mistake,'
I said to him. 'If you'd like to name something that is
destroyed in me.' 'No, no,' he said quickly, 'I'm not such a
kid as all that. I'm not playing that game. You're selfish;
you're sensual in a dirty way. You're attached to sordid
things and it is the things that drag you along. You're not
going anywhere, you don't really want to. That's all it is;
you're old and she's young. I oughtn't even to think of her
in front of you. And you presume . . .' I couldn't smash his
face in then either, so I made up my mind to ignore him. I
went to the juke-box, pressed one of the buttons and put in a
coin. I came slowly back to my seat and listened. The music
was not very loud: someone was singing softly in the midst of
long pauses. At my side Bob was saying that not even he, not
even someone like him, was fit to look into Inés's eyes. Poor
kid, I thought with wonder. He was saying that, in what he
called old age, the most repugnant thing, the determin-
ing factor in decomposition, or perhaps the symbol of

93

acaso lo que era símbolo de descomposición, era pensar
por conceptos, englobar a las mujeres en la palabra
mujer, empujarlas sin cuidado para que pudieran amol-
darse al concepto hecho por una pobre experiencia.
Pero – decía también – tampoco la palabra experiencia
era exacta. No había ya experiencias, nada más que
costumbres y repeticiones, nombres marchitos para ir
poniendo a las cosas y un poco crearlas. Más o menos eso
estuvo diciendo. Y yo pensaba suavemente si él caería
muerto o encontraría la manera de matarme allí mismo
y en seguida, si yo le contara las imágenes que removía
en mí al decir que ni siquiera él merecía tocar a Inés con
la punta de un dedo, el pobre chico, o besar el extremo
de sus vestidos, la huella de sus pasos o cosas así. Después
de una pausa – la música había terminado y el aparato
apagó las luces, aumentando el silencio –, Bob dijo:
«Nada más», y se fue con el andar de siempre, seguro, ni
rápido ni lento.

Si aquella noche el rostro de Inés se me mostró en las
facciones de Bob, si en algún momento el fraternal parecido pudo aprovechar la trampa de un gesto[11] para
darme a Inés por Bob, fue aquella entonces la última vez
que vi a la muchacha. Es cierto que volví a estar con ella
dos noches después en la entrevista habitual, y un
mediodía, en un encuentro impuesto por mi desespera-
ción, inútil, sabiendo de antemano que todo recurso de
palabra y presencia sería inútil, que todos mis macha-
cantes ruegos morirían de manera asombrosa, como si no
hubieran sido nunca disueltos en el enorme aire azul de
la plaza, bajo el follaje verde apacible en mitad de la
buena estación.

Las pequeñas y rápidas partes del rostro de Inés que
me había mostrado aquella noche Bob, aunque dirigidas
contra mí, unidas en la agresión, participaban del entusiasmo y el candor de la muchacha. Pero cómo hablar a
Inés, cómo tocarla, convencerla a través de la repentina
mujer apática de las dos últimas entrevistas. Cómo re-
conocerla o siquiera evocarla mirando a la mujer de largo

decomposition, was to think in preconceived ideas, combining all women in the word woman, cramming them all in carelessly to make them conform to a preconceived idea based on very scanty experience. But, he went on, not even the word experience was the right one. By then, there were no experiences left, nothing except habits and repetitions, worn-out names to apply to things and so in a sense create them. This was more or less what he was saying. And I was gently wondering whether he would drop dead or whether he would find some way of killing me there and then, if I told him of the images that he conjured up in my mind when he said that even he didn't deserve to touch Inés even with his fingertip, poor kid, or kiss the hem of her dress, her footprints and so on. After a pause – the music had stopped and the lights of the machine went off, increasing the silence – Bob said, 'That's all,' and he went away. He walked out at his usual pace which was assured, and neither fast nor slow.

If that evening I saw Inés's face in Bob's features, if at some moment his brotherly likeness could adopt some trick of a facial expression to fool me and present me with Inés instead of Bob, then that moment was the last time I ever saw her. It's true that I was with her again two evenings later for our usual date, and one midday for a meeting I forced on her in despair – a useless meeting, knowing as I did beforehand that every resource of words and presence would be useless, that all my most pressing entreaties would die astonishingly, as if they had never been – dissolved in the great expanse of blue air in the square, beneath the peaceful green foliage at the height of the good season.

The small fleeting aspects of Inés's face which Bob had revealed to me that night, although directed against me and united in their aggression, had something in common with the girl's own enthusiasm and innocence. But how was I to speak to Inés, how was I to touch her, to convince her, through the suddenly apathetic woman of the last two meetings? How was I to recognize her or even evoke her,

cuerpo rígido en el sillón de su casa y el banco de la
plaza, de una igual rigidez resuelta y mantenida en las
dos distintas horas y los dos parajes; la mujer de cuello
tenso, los ojos hacia adelante, la boca muerta, las manos
plantadas en el regazo. Yo la miraba y era «no», sabía
que era «no» todo el aire que la estuvo rodeando.

Nunca supe cuál fue la anécdota elegida por Bob para
aquello; en todo caso, estoy seguro de que no mintió, de
que entonces nada – ni Inés – podían hacerlo mentir. No
vi más a Inés ni tampoco a su forma vacía y endurecida;
supe que se casó y que no vive ya en Buenos Aires. Por
entonces, en medio del odio y el sufrimiento me gustaba
imaginar a Bob imaginando mis hechos y eligiendo la
cosa justa o el conjunto de cosas que fue capaz de matarme en Inés y matarla a ella para mí.

Ahora hace cerca de un año que veo a Bob casi
diariamente, en el mismo café, rodeado de la misma
gente. Cuando nos presentaron – hoy se llama Roberto
– comprendí que el pasado no tiene tiempo y el ayer se
junta allí con la fecha de diez años atrás. Algún gastado
rastro de Inés había aún en su cara, y un movimiento de
la boca de Bob alcanzó para que yo volviera a ver el
alargado cuerpo de la muchacha, sus calmosos y desenvueltos pasos, y para que los mismos inalterados ojos
azules volvieran a mirarme bajo un flojo peinado que
cruzaba y sujetaba una cinta roja. Ausente y perdida
para siempre, podía conservarse viviente e intacta defini-
tivamente inconfundible, idéntica a lo esencial suyo. Pero
era trabajoso escarbar en la cara, las palabras y los gestos
de Roberto para encontrar a Bob y poder odiarlo. La
tarde del primer encuentro esperé durante horas a que se
quedara solo o saliera para hablarle y golpearlo. Quieto
y silencioso, espiando a veces su cara o evocando a Inés
en las ventanas brillantes del café, compuse mañosa-
mente las frases de insulto y encontré el paciente tono

looking at this woman with her long body rigid in the arm-
chair in her house and on the bench in the square and who
kept the same resolute and determined rigidity on the two
different occasions and in the two different places; this
woman with her neck held stiffly erect, her eyes looking
straight in front of her, her mouth dead, her hands stuck
there in her lap. I looked at her and the answer was 'no',
all the air around her knew it was 'no'.

I never got to know which particular anecdote Bob had
chosen to get this result. At all events I am sure that he did
not lie, and that in those days nothing – not even Inés –
could make him lie. I never saw Inés again, nor her hardened, empty form. I learned later that she got married and
now does not live in Buenos Aires any more. At that time,
in the midst of the hatred and suffering that I felt, I enjoyed
imagining Bob as he had imagined my actions, picking out
the very thing or the very complex of things which had the
power to kill me in Inés and to kill her for me.

Now I've been seeing Bob for about a year almost every
day, in the same café, surrounded by the same people. When
they introduced us – nowadays he's called Robert – I
realized that the past had no time-sequence and that in it
yesterday joins up with the date of ten years ago. Some
threadbare trace of Inés was still there in his face, and a
movement of Bob's mouth was sufficient to make me see
again the girl's long body, her placid, unselfconscious way of
walking, and for the same unchanged blue eyes to look out
at me from beneath her loose hair-style, held in place by a
red ribbon across it. Far away and lost forever she could go
on being alive and untouched, utterly unmistakable, identical with her own essential self. But it was hard work trying
to pierce beneath Robert's expression, his words and gestures, in order to find the old Bob and to be able to hate him.
On the afternoon of our first meeting I waited for hours for
him to be left alone or for him to step outside, so as to speak
to him and knock him down. Motionless and silent, occasionally stealing a glance at his face or evoking Inés in the
shining windows of the café, I cunningly composed the

con que iba a decírselas, elegí el sitio de su cuerpo donde
dar el primer golpe. Pero se fue al anochecer acompañado
por los tres amigos, y resolví esperar, como había es-
perado él, años atrás, la noche propicia en que estuviera
solo.

Cuando volví a verlo, cuando iniciamos esta segunda
amistad que espero no terminará ya nunca, dejé de pensar en toda forma de ataque. Quedó resuelto que yo no le
hablaría jamás de Inés ni del pasado y que, en silencio,
yo mantendría todo aquello viviente dentro de mí. Nada
más que esto hago, casi todas las tardes, frente a Roberto
y las caras familiares del café. Mi odio se conservará
cálido y nuevo mientras pueda seguir viendo y escuchando a Roberto; nadie sabe de mi venganza, pero la
vivo, gozosa y enfurecida,[12] un día y otro. Hablo con él,
sonrío, fumo, tomo café. Todo el tiempo pensando en
Bob, en su pureza, su fe, en la audacia de sus pasados
sueños. Pensando en el Bob que amaba la música, en el
Bob que planeaba ennoblecer la vida de los hombres
construyendo una ciudad de enceguecedora belleza, para
cinco millones de habitantes, a lo largo de la costa del
río; el Bob que no podía mentir nunca, el Bob que
proclamaba la lucha de jóvenes contra viejos, el Bob
dueño del futuro y del mundo. Pensando minucioso y
plácido en todo eso frente al hombre de dedos sucios de
tabaco llamado Roberto, que lleva una vida grotesca,
trabajando en cualquier hedionda oficina, casado con
una gorda mujer a quien nombra «miseñora»;[13] el hombre que se pasa estos largos domingos hundido en el
asiento del café, examinando diarios y jugando a las
carreras por teléfono.[14]

Nadie amó a mujer alguna con la fuerza con que yo
amo su ruindad, su definitiva manera de estar hundido
en la sucia vida de los hombres. Nadie se arrobó de amor
como yo lo hago ante sus fugaces sobresaltos, los proyectos sin convicción que un destruido y lejano Bob le
dicta algunas veces y que sólo sirven para que mida

insulting phrases and chose the patient tone in which I was going to say them to him. I picked out the place on his body to hit with my first blow. But at dusk he went away with his three friends and I decided to wait, just as he had waited years before, for a more suitable evening, one when he would be by himself.

When I saw him again, when we began this second friendship which I now hope will never come to an end, I gave up thinking about any sort of attack. I made up my mind never to talk to him about Inés or about the past but instead that I should quietly keep it all alive inside myself. Nothing more than this I do almost every afternoon, in front of Robert and the familiar faces in the café. My hatred will go on keeping itself warm and new as long as I can go on seeing and listening to Robert. No one knows anything about my vengeance, but I live it, joyful and furious as it is, day after day. I talk to him, smile, smoke, drink coffee. All the time thinking of Bob, of his purity, of his faith, the audacity of his past dreams. Thinking of the Bob who loved music, of the Bob who planned to ennoble the lives of men by building a city of blinding beauty, for five million inhabitants, along the bank of the river; of the Bob who could never lie, the Bob who proclaimed the struggle of the young against the old, the Bob who was lord of all the future and of all the world. Placidly thinking in detail about all this in front of the man with nicotine-stained fingers called Robert, who lives a grotesque life, working in some stinking office or other, married to a fat woman he calls 'm'dear wife'; the man who spends these long Sundays slumped in his chair in the café, going through the racing-papers, and phoning bets.

No one ever loved any woman as strongly as I love his vileness, the utterly final way in which he has sunk into the dirtiness of men's lives. No one was ever so enraptured with love as I am at the spectacle of his short-lived attempts to rouse himself, the plans with no conviction behind them which a destroyed and far-distant Bob dictates to him from

con exactitud hasta dónde está emporcado para siempre.

No sé si nunca en el pasado he dado la bienvenida a Inés con tanta alegría y amor como diariamente doy la bienvenida a Bob, al tenebroso y maloliente mundo de los adultos. Es todavía un recién llegado y de vez en cuando sufre sus crisis de nostalgia. Lo he visto lloroso y borracho, insultándose y jurando el inminente regreso a los días de Bob. Puedo asegurar que entonces mi corazón desborda de amor y se hace sensible y cariñoso como el de una madre. En el fondo sé que no se irá nunca, porque no tiene sitio adonde ir; pero me hago delicado y paciente y trato de conformarlo. Como ese puñado de tierra natal, o esas fotografías de calles y monumentos, o las canciones que gustan traer consigo los inmigrantes, voy construyendo para él planes, creencias y mañanas distintos que tienen la luz y el sabor del país de juventud de donde él llegó hace un tiempo. Y él acepta; protesta siempre para que yo redoble mis promesas, pero termina por decir que sí, acaba por muequear una sonrisa, creyendo que algún día habrá de regresar al mundo y las horas de Bob, y queda en paz en medio de sus treinta años, moviéndose sin disgusto ni tropiezo entre los cadáveres poderosos de las antiguas ambiciones, las formas repulsivas de los sueños que se fueron gastando bajo la presión distraída y constante de tantos miles de pies inevitables.

time to time and which only serve to make him measure exactly the extent to which he has forever defiled himself.

I don't know if ever in the past I have welcomed Inés with as much happiness and love as I now welcome Bob daily to the dark and smelly world of adults. He is still a newcomer and periodically suffers from fits of nostalgia. I have seen him tearful and drunk, insulting himself and promising his imminent return to the days of Bob. I can assure you that at such times my heart overflows with love and becomes as sensitive and as tender as a mother's. At bottom I know that he will never go back, because he has no place to go to; but I make myself be considerate and patient and try to make him submit. Like those bits of native soil, or those photographs of streets and monuments or the songs which immigrants like to bring with them, so I keep on making different plans, beliefs and futures all of which have the light and savour of the country of youth from which he came not very long ago. And he accepts. He always protests a bit so that I have to redouble my promises, but in the end he always says yes, he finally manages a smile, believing that some day he is destined to go back to the world and the hours of Bob. And so he remains at peace in his mid-thirties, moving without disgust or clumsiness among the powerful corpses of his old ambitions, and the repulsive shapes of the dreams which gradually were worn down by the constant unconscious pressure of so many thousands of inevitable feet.

THE *ROMERÍA*
CAMILO JOSÉ CELA

Translated by Gordon Brotherston

LA ROMERÍA[1]

La romería era muy tradicional; la gente se hacía lenguas[2] de lo bien que se pasaba en la romería, adonde llegaban todos los años visitantes de muchas leguas a la redonda.[3] Unos venían a caballo y otros en unos autobuses adornados con ramas; pero lo realmente típico era ir en carro de bueyes; a los bueyes les pintaban los cuernos con albayalde o blanco de España y les adornaban la testuz con margaritas y amapolas . . .

El cabeza de familia[4] vino todo el tiempo pensando en la romería; en el tren, la gente no hablaba de otra cosa.

— ¿Te acuerdas cuando Paquito, el de la de Telégrafos, le saltó el ojo a la doña Pura?

— Sí que me acuerdo; aquella sí que fue sonada.[5] Un guardia civil decía que tenía que venir el señor juez a levantar el ojo.

— ¿Y te acuerdas de cuando aquel señorito se cayó, con pantalón blanco y todo, en la sartén del churrero?

— También me acuerdo. ¡Qué voces pegaba el condenado! ¡En seguida se echaba de ver que eso de estar frito[6] debe dar mucha rabia!

El cabeza de familia iba los sábados al pueblo, a ver a los suyos,[7] y regresaba a la capital el lunes muy de mañana para que le diese tiempo de llegar a buena hora a la oficina. Los suyos, como él decía, eran siete: su señora, cinco niños y la mamá de su señora. Su señora se llamaba doña Encarnación y era gorda y desconsiderada; los niños eran todos largos y delgaditos, y se llamaban: Luis (diez años), Encarnita (ocho años), José María (seis años), Laurentino (cuatro años) y Adelita (dos años). Por los veranos se les pegaba un poco el sol y tomaban un color algo bueno, pero al mes de estar de vuelta en la capital, estaban otra vez pálidos y ojerosos como

THE *ROMERÍA*

The *romería* was very traditional; people raved about the good time you had at the *romería*, which visitors from many leagues around came to every year. Some came on horseback and others in buses decked with branches; but the really typical thing to do was to go in a cart drawn by oxen; the oxen had their horns painted with white lead paint or whitewash and their heads adorned with daisies and poppies. . .

Father came back thinking the whole time about the *romería*; in the train people spoke about nothing else.

'Do you remember when Paquito, the woman at the Telegraph Office's boy, put Doña Pura's eye out?'

'Of course I do; that did cause a stir. A policeman said that his worship the judge would have to come to pick the eye up.'

'And do you remember when that young gentleman fell, white pants and all, into the doughnut-seller's frying-pan?'

'I remember that too. How the bugger yelled! You could see straight away that being on hot coals must make you pretty mad.'

Father went to the village on Saturdays, to see his family, and returned to the capital on Monday first thing in the morning in order to leave himself time to arrive early at the office. His family, as he used to say, were seven in number: his good wife, five children and his good wife's mamma. His wife was called Doña Encarnación and was fat and inconsiderate; the children were all long and thin, and were called: Luis (ten), Encarnita (eight), José María (six), Laurentino (four) and Adelita (two). In the summer they caught the sun a little and got a fairly healthy colour, but within a month of being back in the capital, they were again pale and baggy-eyed like creatures dying. His wife's mamma

agonizantes. La mamá de su señora se llamaba doña Adela y, además de gorda y desconsiderada, era coqueta y exigente. ¡A la vejez, viruelas! La tal doña Adela era un vejestorio repipio que tenía alma de gusano comemuertos.

El cabeza de familia estaba encantado de ver lo bien que había caído su proyecto de ir todos juntos a merendar a la romería. Lo dijo a la hora de la cena y todos se acostaron pronto para estar bien frescos y descansados al día siguiente.

El cabeza de familia, después de cenar, se sentó en el jardín en mangas de camisa, como hacía todos los sábados por la noche, a fumarse un cigarrillo y pensar en la fiesta. A veces, sin embargo, se distraía y pensaba en otra cosa: en la oficina, por ejemplo, o en el plan Marshall, o en el Campeonato de Copa.

Y llegó el día siguiente. Doña Adela dispuso que, para no andarse con apuros de última hora, lo mejor era ir a misa de siete en vez de a misa de diez. Levantaron a los niños media hora antes, les dieron el desayuno y los prepararon de domingo; hubo sus prisas y sus carreras, porque media hora es tiempo que pronto pasa, pero al final se llegó a tiempo.

Al cabeza de familia lo despertó su señora.

— ¡Arriba, Carlitos; vamos a misa!

— Pero, ¿qué hora es?

— Son las siete menos veinte.

El cabeza de familia adoptó un aire suplicante.

— Pero, mujer, Encarna, déjame dormir, que estoy muy cansado; ya iré a misa más tarde.

— Nada. ¡Haberte acostado antes! Lo que tú quieres es ir a misa de doce.

— Pues, sí. ¿Qué ves de malo?

— ¡Claro! ¡Para que después te quedes a tomar un vermut con los amigos! ¡Estás tú muy visto!

A la vuelta de misa, a eso de las ocho menos cuarto, el cabeza de familia y los cinco niños se encontraron con

was called Doña Adela and, besides being fat and inconsiderate, was flighty and fussy. A pox on old age! The said Doña Adela was a whining old hag with the soul of a corpse-devouring maggot.

Father was delighted to see how well his plan had gone down of all going together to have a picnic at the *romería*. He mentioned it at dinnertime and they all went to bed early in order to be fresh and relaxed the following day.

Father, after dinner, sat in the garden in his shirt-sleeves, as he did every Saturday evening, to smoke a cigarette and think about the holiday. At times, however, his mind wandered and he thought about something else: about the office for example, or about the Marshall Plan, or about the Cup Championship.

And the next day arrived. Doña Adela ruled that, in order not to get into last-minute difficulties, the best thing was to go to seven o'clock mass instead of ten o'clock mass. They got the children up half an hour beforehand, gave them breakfast and dressed them in their Sunday best; there were some rushings and runnings around on their part, because half an hour is a time that passes quickly, but in the end they made it in time.

Father was woken by his wife.

'Get up Carlitos; we're going to mass!'

'But what time is it?'

'It's twenty to seven.'

Father adopted a beseeching air.

'But let me sleep, Encarna dear, I'm very tired; I'll go to mass later.'

'Nothing doing. You could have gone to bed earlier! What you want is to go to twelve o'clock mass.'

'Well, yes. What do you find wrong with that?'

'Of course! So that you can stay and have a vermouth with your friends afterwards! You're very predictable!'

Coming back from mass, at about a quarter to eight, father and the five children discovered that they didn't

que no sabían lo que hacer. Los niños se sentaron en la escalerita del jardín, pero doña Encarna les dijo que iban a coger frío, así, sin hacer nada. Al padre se le ocurrió que diesen todos juntos, con él a la cabeza, un paseíto por unos desmontes que había detrás de la casa, pero la madre dijo que eso no se le hubiera ocurrido ni al que asó la manteca,[8] y que los niños lo que necesitaban era estar descansados para por la tarde. El cabeza de familia, en vista de su poco éxito, subió hasta la alcoba, a ver si podía echarse un rato, un poco a traición, pero se encontró con que a la cama ya le habían quitado las ropas. Los niños anduvieron vagando como almas en pena hasta eso de las diez, en que los niños del jardín de al lado se levantaron y el día empezó a tomar, poco más o menos, el aire de todos los días.

A las diez también, o quizá un poco más tarde, el cabeza de familia compró el periódico de la tarde anterior y una revista taurina, con lo que, administrándola bien,[9] tuvo lectura casi hasta el mediodía. Los niños, que no se hacían cargo de las cosas, se portaron muy mal y se pusieron perdidos de tierra; de todos ellos, la única que se portó un poco bien fue Encarnita – que llevaba un trajecito azulina y un gran lazo malva en el pelo –, pero la pobre tuvo mala suerte, porque le picó una avispa en un carrillo, y doña Adela, su abuelita, que la oyó gritar, salió hecha un basilisco,[10] la llamó mañosa y antojadiza y le dio media docena de tortas, dos de ellas bastante fuertes. Después, cuando doña Adela se dio cuenta de que a la nieta lo que le pasaba era que le había picado una avispa, le empezó a hacer arrumacos y a compadecerla, y se pasó el resto de la mañana apretándole una perra gorda[11] contra la picadura.

– Esto es lo mejor. Ya verás como esta moneda pronto te alivia.

La niña decía que sí, no muy convencida, porque sabía que a la abuelita lo mejor era no contradecirla y decirle a todo amén.

Mientras tanto, la madre, doña Encarna, daba órdenes

know what to do. The children sat down on the garden steps, but Doña Encarna told them that they were going to catch cold like that, without doing anything. It occurred to father that they might all go together, with him at the head, for a short walk round some waste ground that there was behind the house, but mother said that that would not have occurred even to the blindest idiot, and that what the children needed was to be rested for the afternoon. Father, in view of his little success, went up to the bedroom, to see if he could lie down for a while, rather treacherously, but he discovered that they had taken the linen off the bed already. The children wandered round like souls in torment until about ten o'clock, when the children next door got up and the day began to assume, more or less, the air of every other day.

Also at ten o'clock, or perhaps a little later, father bought the previous evening's newspaper and a bull-fighting magazine, and, eking it out, he had something to read almost until noon. The children, who did not understand the situation, behaved very badly and got covered with dirt; of all of them, the only one who behaved at all well was Encarnita – who was wearing a little bluish dress and had a large mauve band in her hair – but the poor thing was unlucky because a wasp stung her on one cheek, and Doña Adela, her granny, who heard her shouting, came out very angrily, called her sly and fanciful and slapped her half a dozen times, twice rather hard. Afterwards, when Doña Adela realized that what was the matter with her grand-daughter was that a wasp had stung her, she began to pat her and feel sorry for her, and spent the rest of the morning pressing a ten-centimo piece against the sting.

'This is the best thing for it. You'll see how this coin makes you better in no time.'

The child, not very convinced, said yes, because she knew that the best thing was not to contradict granny, and to say so be it to everything she said.

Meanwhile, mother, Doña Encarna, was giving orders to

a las criadas como un general en plena batalla. El cabeza
de familia leía, por aquellos momentos, la reseña de una
faena de Paquito Muñoz. Según el revistero, el chico
había estado muy bien ...

Y el tiempo, que es lento, pero seguro, fue pasando,
hasta que llegó la hora de comer. La comida tardó algo
más que de costumbre, porque con eso de haber madru-
gado tanto, ya se sabe: la gente se confía y, al final, los
unos por los otros, la casa sin barrer.[12]

A eso de las tres o tres y cuarto, el cabeza de familia
y los suyos se sentaron a la mesa. Tomaron de primer
plato fabada asturiana;[13] al cabeza de familia, en verano,
le gustaban mucho las ensaladas y los gazpachos y, en
general, los platos en crudo. Después tomaron filetes, y
de postre, un plátano. A la niña de la avispa le dieron,
además, un caramelo de menta; el angelito tenía el
carrillo como un volcán. Su padre, para consolarla, le
explicó que peor había quedado la avispa, insecto que se
caracteriza, entre otras cosas, porque, para herir, sacri-
fica su vida. La niña decía «¿Sí?», pero no tenía un gran
aire de estar oyendo eso que se llama una verdad como
una casa,[14] ni denotaba, tampoco, un interés excesivo,
digámoslo así.

Después de comer, los niños recibieron la orden de ir
a dormir la siesta,[15] porque como los días eran tan largos, lo mejor sería salir hacia eso de las seis. A Encarnita
la dejaron que no se echase, porque para eso le había
picado una avispa.

Doña Adela y doña Encarnación se metieron en la
cocina a dar los últimos toques a la cesta con la tortilla
de patatas, los filetes empanados y la botella de Vichy
Catalán para la vieja, que andaba nada más que regular
de las vías digestivas; los niños se acostaron, por eso de
que a la fuerza ahorcan, y el cabeza de familia y la
Encarnita se fueron a dar un paseíto para hacer la digestión y contemplar un poco la naturaleza, que es tan
varia.

El reloj marcaba las cuatro. Cuando el minutero diese

the maids like a general at the height of battle. Father was reading, during those moments, the account of a bull-fighting feat of Paquito Muñoz's. According to the reviewer, the lad had done very well. ...

And time, which is slow but sure, passed by, until lunchtime arrived. The meal was rather later than usual, because when you've got up so early and all, you know what it is like: people rely on each other and, in the end, don't get anything done.

At about three o'clock or a quarter past, father and his family sat down at the table. They had Asturian stew as a first course; father, in summer, liked salads and Andalusian cold soups and raw dishes in general very much. Afterwards they had steaks, and as a dessert, a banana. They gave the girl with the wasp-sting, as well, a peppermint sweet; the little angel's cheek was like a volcano. Her father, to console her, explained to her that the wasp had come off worse, that it was a remarkable insect, among other things, because in order to wound it sacrifices its life. The girl said 'Yes?', but she did not seem to be listening too hard to that fact of natural life, nor did she express excessive interest in it either, let us put it that way.

After eating, the children received the order to go and sleep the *siesta*, because as the days were so long, the best thing would be to leave towards about six o'clock. They allowed Encarnita to stay up, because that is what the wasp had stung her for.

Doña Adela and Doña Encarnación went into the kitchen to put the finishing touches to the picnic basket containing the potato omelette, the steak pies and the bottle of Catalonian Vichy water for the old woman whose digestive system was working no more than passably; the children went to bed as willingly as they would have gone to the gallows, and father and Encarnita went off for a short walk to aid their digestions and to contemplate nature a while, nature being so varied.

The clock was pointing to four. When the minute-hand

dos vueltas completas, a las seis, la familia se pondría en marcha, carretera adelante, camino de la romería.

Todos los años había una romería ...

*

Contra lo que en un principio se había pensado, doña Encarnación y doña Adela levantaron a los niños de la siesta a las cuatro y media. Acabada de preparar la cesta con las vituallas de la merienda, nada justificaba ya esperar una hora larga sin hacer nada, mano sobre mano como unos tontos.

Además el día era bueno y hermoso, incluso demasiado bueno y hermoso, y convenía aprovechar un poco el sol y el aire.

Dicho y hecho; no más dadas las cinco, la familia se puso en marcha camino de la romería. Delante iban el cabeza de familia y los dos hijos mayores: Luis, que estaba ya hecho un pollo,[16] y Encarnita, la niña a quien le había picado la avispa; les seguían[17] doña Adela con José María y Laurentino, uno de cada mano, y cerraba la comitiva doña Encarnación, con Adelita en brazos. Entre la cabeza y la cola de la comitiva, al principio no había más que unos pasos; pero a medida que fueron andando, la distancia fue haciéndose mayor, y, al final, estaban separados casi por un kilómetro; ésta es una de las cosas que más preocupan a los sargentos cuando tienen que llevar tropa por el monte: que los soldados se les van sembrando por el camino.

La cesta de la merienda, que pesaba bastante, la llevaba Luis en la sillita de ruedas de su hermana pequeña. A las criadas, la Nico y la Estrella, les habían dado suelta, porque, en realidad, no hacían más que molestar, todo el día por el medio, metiéndose donde no las llamaban.

Durante el trayecto pasaron las cosas de siempre, poco más o menos: un niño tuvo sed y le dieron un capón porque no había agua por ningún lado; otro niño quiso hacer una cosa y le dijeron a gritos que eso se pedía antes de salir de casa; otro niño se cansaba y le pre-

had made two complete circles, at six o'clock, the family would set off, the high road before them, on their way to the *romería*.

There was a *romería* every year . . .

*

Contrary to what had originally been intended, Doña Encarnación and Doña Adela got the children up from their *siesta* at half past four. After preparing the picnic basket, there was nothing to justify waiting a long hour without doing anything, hands crossed, like idiots.

Besides, the day was fine and beautiful, even too fine and beautiful, and it would be good to benefit a little from the sun and the air.

No sooner said than done; as soon as it struck five, the family set off on their way to the *romería*. In front went father and the two eldest children: Luis, who was quite grown up now, and Encarnita, the child whom the wasp had stung; Doña Adela followed them with José María and Laurentino, one at each hand, and Doña Encarnación brought up the rear, carrying Adelita. Between the head and the tail of the procession, at first there were no more than a few paces; but the more they went on, the greater the distance became, and in the end they were separated by almost a kilometre; this is one of the things which most worry sergeants when they have to march men across country: that the soldiers spread themselves out along the road.

The picnic basket, which was fairly heavy, was carried by Luis in his small sister's push-chair. The maids, Nico and Estrella, had been given time off, because really they were nothing more than an inconvenience, in the way all day, interfering where they were not summoned.

On the way the usual things happened, more or less: one child was thirsty and they gave him a smart tap on the head because there was no water anywhere around; another child wanted to do something and they shouted at him that one asked to do that before going out of the house; another

guntaron, con un tono de desprecio profundo, que de qué le servía respirar el aire de la Sierra. Novedades gordas, esa es la verdad, no hubo ninguna digna de mención.

Por el camino, al principio, no había nadie – algún pastorcito, quizá, sentado sobre una piedra y con las ovejas muy lejos –, pero al irse acercando a la romería fueron apareciendo mendigos aparatosos, romeros muy repeinados que llegaban por otros atajos, algún buhonero tuerto o barbudo con la bandeja de baratijas colgada del cuello, guardias civiles de servicio, parejas de enamorados que estaban esperando a que se pusiese el sol, chicos de la colonia ya mayorcitos – de catorce a quince años – que decían que estaban cazando ardillas, y soldados, muchos soldados, que formaban grupos y cantaban asturianadas, jotas y el mariachi[18] con un acento muy en su punto.

A la vista ya de la romería – así como a unos quinientos metros de la romería –, el cabeza de familia y Luis y Encarnita, que estaba ya mejor de la picadura, se sentaron a esperar al resto de la familia. El pinar ya había empezado y, bajo la copa de los pinos, el calor era aún más sofocante que a pleno sol.

El cabeza de familia, nada más salir de casa, había echado la americana en la silla de Adelita y se había remangado la camisa y ahora los brazos los tenía todos colorados y le escocían bastante; Luis le explicaba que eso le sucedía por falta de costumbre, y que don Saturnino, el padre de un amigo suyo, lo pasó muy mal hasta que mudó la piel. Encarnita decía que sí, que claro; sentada en una piedra un poco alta, con su trajecito azulina y su gran lazo, la niña estaba muy mona, esa es la verdad; parecía uno de esos angelitos que van en las procesiones.

Cuando llegaron la abuela y los dos nietos y, al cabo de un rato, la madre con la niña pequeña en brazos, se sentaron también a reponer fuerzas, y dijeron que el paisaje era muy hermoso y que era una bendición de

child was getting tired and they asked him, in a tone of profound contempt, what use it was his breathing mountain air. Big surprises, that is the truth, there were none worthy of mention.

Along the road, at first, there was nobody – an occasional shepherd perhaps, sitting on a stone and with the sheep far away – but as they got closer to the *romería* colourful beggars began to appear, and well-groomed trippers coming up along other paths, a one-eyed or a bearded pedlar with his tray of trinkets hanging from his neck, policemen on duty, courting couples waiting for the sun to go down, older lads from the housing estate – fourteen and fifteen year olds – who said they were hunting squirrels, and soldiers, a lot of soldiers, who formed groups and sang Asturian songs, *jotas* and the *mariachi* with a very appropriate accent.

In sight now of the *romería* – round about five hundred metres from the *romería* – father and Luis and Encarnita, who had recovered now from the wasp-sting, sat down to wait for the rest of the family. The pinewood had begun already and, under the branches of the pines, the heat was even more stifling than directly in the sun.

Father, immediately after going out of the house, had thrown his jacket on to Adelita's push-chair and had rolled up the sleeves of his shirt and now his arms were all red and were smarting rather; Luis explained to him that that happened because he was not used to it, and that Don Saturnino, the father of a friend of his, had a very bad time until his skin peeled. Encarnita said that it was true, that it was obvious; sitting on a rather high boulder, with her little bluish dress and her large hair-band, the girl was very pretty, that is the truth; she looked like one of those little angels in religious processions.

When grandmother and the two grandsons arrived and, after a while, mother carrying the small girl, they sat down as well to get their strength back, and they said that the countryside was very beautiful and that it was a divine

Dios poder tomarse un descanso todos los años para coger fuerzas para el invierno.

– Es muy tonificador – decía doña Adela echando un trago de la botella de Vichy Catalán –, lo que se dice muy tonificador.

Los demás tenían bastante sed, pero se la tuvieron que aguantar porque la botella de la vieja era tabú – igual que una vaca sagrada – y fuente no había ninguna en dos leguas a la redonda. En realidad, habían sido poco precavidos, porque cada cual podía haberse traído su botella; pero, claro está, a lo hecho, pecho: aquello ya no tenía remedio y, además, a burro muerto, cebada al rabo.[19]

La familia, sentada a la sombra del pinar, con la boca seca, los pies algo cansados y toda la ropa llena de polvo, hacía verdaderos esfuerzos por sentirse feliz. La abuela, que era la que había bebido, era la única que hablaba:

– ¡Ay, en mis tiempos! ¡Aquéllas sí que eran romerías!

El cabeza de familia, su señora y los niños, ni la escuchaban; el tema era ya muy conocido, y además la vieja no admitía interrupciones. Una vez en que, a eso de «¡Ay, en mis tiempos!», el yerno le contestó, en un rapto de valor: «¿Se refiere usted a cuando don Amadeo?»,[20] se armó un cisco tremendo, que más vale no recordar. Desde entonces el cabeza de familia, cuando contaba el incidente a su primo y compañero de oficina Jaime Collado, que era así como su confidente y su paño de lágrimas,[21] decía siempre «el pronunciamiento».

Al cabo de un rato de estar todos descansando y casi en silencio, el niño mayor se levantó de golpe y dijo:

– ¡Ay!

Él hubiera querido decir:

– ¡Mirad por dónde viene un vendedor de gaseosas!

Pero lo cierto fue que sólo se le escapó un quejido. La piedra donde se había sentado estaba llena de resina y el chiquillo, al levantarse, se había cogido un pellizco. Los

blessing to be able to take a rest every year to gain strength for the winter.

'It's very bracing,' Doña Adela said swallowing a mouthful from the bottle of Catalonian Vichy water, 'what is called very bracing.'

The others had a fair thirst, but they had to put up with it because the old woman's bottle was taboo – like a sacred cow – and there was no spring for two leagues around. Truly, they had hardly been thoughtful, because each one of them could have brought his own bottle; but, of course, it's no use crying over spilt milk: there was nothing they could do about it and, besides, it's no good being wise after the event.

The family, sitting in the shade of the pinewood, with their mouths dry, their feet somewhat tired and all their clothes covered with dust, was making real efforts to feel happy. Grandmother, who was the one who had drunk, was the only one talking:

'Ah, in my day! Those were really *romerías*!'

Father, his wife and the children, were not even listening to her; the theme was already very familiar, and besides the old woman did not tolerate interruptions. Once when, to this business of 'Ah, in my day!', her son-in-law answered her, in an access of courage: 'Do you mean in Don Amadeo's time?', a tremendous row arose which it is better not to recall. From that time on, whenever Father told the incident to his cousin and office colleague Jaime Collado, who was both his great friend and his comforter, he always referred to it as 'the revolution'.

After a while when all of them rested almost in silence, the eldest child stood up suddenly and said:

'Ow!'

He would have liked to have said:

'Look, there's a man selling lemonade!'

But the fact is that only a groan escaped him. The stone on which he had sat down was covered with resin and the little lad, as he got up, had felt a tweak. The others,

demás, menos doña Adela, se fueron también levantando;
todos estaban perdidos de resina.

Doña Encarnación se encaró con su marido:

— ¡ Pues sí que has elegido un buen sitio ! Esto me pasa
a mí por dejaros ir delante, ¡ nada más que por eso !

El cabeza de familia procuraba templar gaitas:[22]

— Bueno, mujer, no te pongas así; ya mandaremos la
ropa al tinte.

— ¡ Qué tinte ni qué niño muerto ![23] ¡ Esto no hay tinte
que lo arregle !

Doña Adela, sentada todavía, decía que su hija tenía
razón, que eso no lo arreglaba ningún tinte y que el sitio
no podía estar peor elegido.

— Debajo de un pino — decía —, ¿ qué va a haber?
¡ Pues resina !

Mientras tanto, el vendedor de gaseosas se había acer-
cado a la familia.

— ¡ Hay gaseosas, tengo gaseosas ! Señora — le dijo a
doña Adela —, ahí se va a poner usted buena de resina.

El cabeza de familia, para recuperar el favor perdido,
le preguntó al hombre:

— ¿ Están frescas ?

— ¡ Psché ! Más bien del tiempo.

— Bueno, déme cuatro.

Las gaseosas estaban calientes como caldo y sabían a
pasta de los dientes. Menos mal que la romería ya estaba,
como quien dice, al alcance de la mano.

*

La familia llegó a la romería con la boca dulce; entre
la gaseosa y el polvo se suele formar en el paladar un
sabor muy dulce, un sabor que casi se puede masticar
como la mantequilla.

La romería estaba llena de soldados; llevaban un mes
haciendo prácticas por aquellos terrenos, y los jefes, el
día de la romería, les habían dado suelta.

— Hoy, después de teórica — había dicho cada sar-
gento —, tienen ustedes permiso hasta la puesta del sol.

less Doña Adela, got up too; they were all covered with resin.

Doña Encarnación looked straight at her husband:

'Well you've really chosen a nice spot! This is what I get for letting you go on ahead, just for that!'

Father tried to resolve the situation philosophically:

'All right, dear, don't be like that; we'll send the clothes to the cleaner's.'

'Cleaner's, don't make me laugh. There's no cleaner's that can fix this!'

Doña Adela, still sitting down, said that her daughter was right, that no cleaner's would fix that and that the spot could not have been worse chosen.

'Under a pine tree,' she said, 'what will there be? Resin of course!'

Meanwhile, the lemonade-seller had come up to the family.

'Lemonade, lemonade for sale! Madam,' he said to Doña Adela, 'over there you're going to get nicely covered in resin.'

Father, to recover lost favour, asked the man:

'Are they cold?'

'Tst! Colder than the weather is.'

'Right, give me four.'

The lemonades were warm as broth and tasted of tooth-paste. Just as well that the *romería* was, as they say, at hand.

*

The family arrived at the *romería* with sweet mouths; lemonade and dust combined usually form on the palate a very sweet taste, a taste which can almost be chewed like butter.

The *romería* was crowded with soldiers; they had been training for a month in that district, and their superiors, the day of the *romería*, had given them leave.

'Today, after theory,' each sergeant had said, 'you have leave until sunset. Drunkenness and causing trouble with

Se prohibe la embriaguez y el armar bronca con los
paisanos. La vigilancia tiene órdenes muy severas sobre
el mantenimiento de la compostura. Orden del coronel.
Rompan filas, ¡arm...!

Los soldados, efectivamente, eran muchos; pero por lo
que se veía, se portaban bastante bien. Unos bailaban
con las criadas, otros daban conversación a alguna familia
con buena merienda y otros cantaban, aunque fuese con
acento andaluz, una canción que era así:

> Adiós, Pamplona,²⁴
> Pamplona de mi querer,
> mi querer.
> Adiós, Pamplona,
> cuándo te volveré a ver.

Eran las viejas canciones de la guerra civil, que ellos
no hicieran porque cuando lo de la guerra civil tenían
once o doce años, que se habían ido transmitiendo, de
quinta en quinta, como los apellidos de padres a hijos. La
segunda parte decía:

> No me marcho por las chicas,
> que las chicas guapas son,
> guapas son.
> Me marcho porque me llaman
> a defender la Nación.

Los soldados no estaban borrachos, y a lo más que
llegaban, algunos que otros, era a dar algún traspiés,
como si lo estuvieran.

La familia se sentó a pocos metros de la carretera,
detrás de unos puestos de churros y rodeada de otras
familias que cantaban a gritos y se reían a carcajadas.
Los niños jugaban todos juntos revolcándose sobre la
tierra, y de vez en cuando alguno se levantaba llorando,
con un rasponazo en la rodilla o una pequeña descala-
bradura en la cabeza.

Los niños de doña Encarnación miraban a los otros
niños con envidia. Verdaderamente, los niños del montón,

the civilians is forbidden. The military police have very
strict orders about maintaining discipline. Colonel's order.
Di ... smiss!'

The soldiers, indeed, were many; but from what could be
seen, they were behaving fairly well. Some were dancing
with housemaids, others chatted up families with appetizing
picnics and others sang, although it was with an Andalusian
accent, a song which went like this:

> *Farewell Pamplona,*
> *Pamplona of my love,*
> *my love.*
> *Farewell Pamplona,*
> *when shall I see you again?*

They were the old songs from the Civil War, which they
had not fought in because in the days of the Civil War they
were eleven or twelve, songs which had been passed on and
on, from one year's intake to the next, like surnames from
fathers to sons. The second part went:

> *I'm not going away because of the girls,*
> *for the girls are pretty,*
> *are pretty.*
> *I'm going away because they're calling me*
> *to defend the Nation.*

The soldiers were not drunk, and the furthest they
went, some of them, was to stumble occasionally as if they
were.

The family sat down a few metres away from the road,
behind some doughnut stalls, surrounded by other families
who were singing lustily and laughing loudly. The children
were playing all together rolling around on the ground, and
from time to time one of them would get up crying, with a
scratch on his knee or a small cut on his head.

Doña Encarnación's children looked at the other children
with envy. Truly, the common children, the children whom

los niños a quienes sus familias les dejaban revolcarse por el suelo, eran unos niños felices, triscadores como cabras, libres como los pájaros del cielo, que hacían lo que les daba la gana y a nadie le parecía mal.

Luisito, después de mucho pensarlo, se acercó a su madre, zalamero como un perro cuando menea la cola:

– Mamá, ¿me dejas jugar con esos niños?

La madre miró para el grupo y frunció el ceño:

– ¿Con esos bárbaros? ¡Ni hablar! Son todos una partida de cafres.[25]

Después, doña Encarnación infló el papo[26] y continuó:

– Y además, no sé cómo te atreves ni a abrir la boca después de como te has puesto el pantalón de resina. ¡Vergüenza debiera darte!

El niño, entre la alegría de los demás, se azaró de estar triste y se puso colorado hasta las orejas. En aquellos momentos sentía hacia su madre un odio infinito.

La madre volvió a la carga:

– Ya te compró tu padre una gaseosa. ¡Eres insaciable!

El niño empezó a llorar por dentro con una amargura infinita. Los ojos le escocían como si los tuviese quemados, la boca se le quedó seca y nada faltó para que empezase a llorar, también por fuera, lleno de rabia y de desconsuelo.

Algunas familias precavidas habían ido a la romería con la mesa de comedor y seis sillas a cuestas. Sudaron mucho para traer todos los bártulos y no perder a los niños por el camino, pero ahora tenían su compensación y estaban cómodamente sentados en torno a la mesa, merendando o jugando a la brisca[27] como en su propia casa.

Luisito se distrajo mirando para una de aquellas familias y, al final, todo se le fue pasando. El chico tenía buen fondo y no era vengativo ni rencoroso.

Un cojo, que enseñaba a la caridad de las gentes un muñón bastante asqueroso, pedía limosna a gritos al lado

their families allowed to roll around on the ground, were happy children, frisky as goats, free as the birds in the sky, who did what they wanted to and nobody minded.

Luisito, after thinking it over a great deal, came up to his mother, wheedling like a dog when it wags its tail:

'Mummy, will you let me play with those children?'

Mother looked towards the group and frowned:

'With those savages? Don't even think of it! They're a lot of street arabs.'

Then Doña Encarnación got up steam and went on:

'And besides, I don't know how you dare even open your mouth after the way you covered your trousers with resin. You ought to be ashamed!'

The child, amongst the gaiety of the others, was upset at being sad and became red up to the ears. During those moments he felt towards his mother infinite hate.

Mother went at it again:

'Your father already bought you a lemonade. You're insatiable!'

The child began to weep inwardly with infinite bitterness. His eyes smarted as if they had been burnt, his mouth became dry and it was enough to make him begin to cry, outwardly too, full of rage and sorrow.

Some thoughtful familes had gone to the *romería* with the dining-room table and six chairs on their backs. They sweated a great deal in order to bring all their belongings and not to lose the children along the road, but now they had their compensation and were sitting comfortably round the table, eating or playing cards as if in their own home.

Luisito amused himself looking at one of those families and, in the end, he got over it all. The lad had a good nature and was not vindictive or spiteful.

A cripple, who was displaying to people's charity a rather filthy stump, was shouting for alms beside a cake stall; from

de un tenderete de rosquillas; de vez en vez caía alguna
perra y entonces el cojo se la tiraba a la rosquillera.

– ¡ Eh ! – le gritaba –. ¡ De las blancas !

Y la rosquillera, que era una tía²⁸ gorda, picada de
viruela, con los ojos pitañosos y las carnes blandengues
y mal sujetas, le echaba por los aires una rosquilla blanca
como la nieve vieja, sabrosa como el buen pan del ham-
bre y dura como el pedernal. Los dos tenían bastante
buen tino.

Un ciego salmodiaba preces a Santa Lucía en un
rincón del toldo del tiro al blanco, y una gitana joven,
bella y descalza, con un niño de días al pecho y otro,
barrigoncete, colgado de la violenta saya de lunares,
ofrecía la buenaventura por los corros.

Un niño de seis o siete años cantaba flamenco acom-
pañándose con sus propias palmas, y un vendedor de
pitos atronaba la romería tocando el no me mates con
tomate, mátame con bacalao.

– Oiga, señor, ¿ también se puede tocar una copita de
ojén ?

Doña Encarnación se volvió hacia el hijo hecha un
basilisco:

– ¡ Cállate, bobo ! ¡ Que pareces tonto ! Naturalmente
que se puede tocar; ese señor puede tocar todo lo que le
dé la real gana.

El hombre de los pitos sonrió, hizo una reverencia y
siguió paseando, parsimoniosamente, para arriba y para
abajo, tocando ahora lo de la copita de ojén para tomar
con café.

El cabeza de familia y su suegra, doña Adela, deci-
dieron que un día era un día y que lo mejor sería comprar unos churros a las criaturas.

– ¿ Cómo se les va a pedir que tengan sentido a estas
criaturitas ? – decía doña Adela en un rapto de ternura
y de comprensión.

– Claro, claro . . .

Luisito se puso contento por lo de los churros, aunque

time to time a five-centimo piece fell to him and then the cripple would throw it to the cake-seller.

'Eh!', he would shout to her. 'One of the white ones!'

And the cake-seller, who was a fat old woman, riddled with pock marks, with bleary eyes and flabby, ill-contained flesh, would throw to him through the air a cake white as old snow, tasty as the good bread of hunger and hard as flint. They were both fairly good shots.

A blind man intoned prayers to Santa Lucia in a corner of the target-shooting tent, and a young gypsy girl, beautiful and barefoot, with a child a few days old at her breast and another, pot-bellied, hanging on to her violent spotted skirt, was offering to tell fortunes among the groups of people.

A six or seven year old child was singing flamenco accompanying himself with his own clapping, and a whistle-seller was stunning the *romería* playing the tune 'don't kill me with tomato, kill me with cod'.

'Please, sir, is it possible to play "a glass of brandy" too?'

Doña Encarnación turned towards the boy very angrily:

'Shut up, you fool! You must be stupid! Of course it's possible to play it; that gentleman can play anything he feels like.'

The man with the whistles smiled, bowed and went on walking around, parsimoniously, up and down, now playing that tune 'the glass of brandy to be taken with coffee'.

Father and his mother-in-law, Doña Adela, decided that a day out was a day out and that the best thing would be to buy some doughnuts for the children.

'How can we expect the kiddies to understand?', Doña Adela said in an access of tenderness and comprehension.

'Of course, of course . . .'

Luisito was pleased about the doughnuts, although he

cada vez entendía menos todo lo que pasaba. Los demás niños también se pusieron muy alegres.

Unos soldados pasaron cantando:

> *Y si no se le quitan bailando*
> *los dolores a la tabernera,*
> *y si no se le quitan bailando,*
> *déjaila, déjaila que se muera.*

Unos borrachos andaban a patadas con una bota vacía, y un corro de flacos veraneantes de ambos sexos cantaban a coro la siguiente canción:

> *Si soy como soy y no como tú quieres*
> *qué culpa tengo yo de ser así.*

Daba pena ver con qué seriedad se aplicaban a su gilipollez.

Cuando la familia se puso en marcha, en el camino de vuelta al pueblo, el astro rey[29] se complacía en teñir de color de sangre unas nubecitas alargadas que había allá lejos, en el horizonte.

*

La familia, en el fondo más hondo de su conciencia, se daba cuenta de que en la romería no lo había pasado demasiado bien. Por la carretera abajo, con la romería ya a la espalda, la familia iba desinflada y triste como un viejo acordeón mojado. Se había levantado un gris fresquito, un airecillo serrano que se colaba por la piel, y la familia, que formaba ahora una piña compacta, caminaba en silencio, con los pies cansados, la memoria vacía, el pelo y las ropas llenos de polvo, la ilusión defraudada, la garganta seca y las carnes llenas de un frío inexplicable.

A los pocos centenares de pasos se cerró la noche sobre el camino: una noche oscura, sin luna, una noche solitaria y medrosa como una mujer loca y vestida de luto que vagase por los montes. Un buho silbaba, pesadamente, desde el bosquecillo de pinos, y los murciélagos volaban, como atontados, a dos palmos de las cabezas de los

understood less and less what was going on. The other children became very gay too.

Some soldiers passed by singing:

> *And if dancing doesn't cure her*
> *cure the barmaid of her woes,*
> *and if dancing doesn't cure her,*
> *leave her alone and let her die.*

Some drunks were kicking an empty wineskin along, and a group of puny holiday-makers of both sexes were singing in chorus the following song:

> *If I am as I am and not as you want*
> *how can I help being that way.*

It was painful to see with what seriousness they applied themselves to their foolishness.

When the family set off, on the road back to the village, the sun was enjoying dyeing to the colour of blood some elongated little clouds that there were far off, on the horizon.

*

The family, in the deepest depths of its conscience, realized that at the *romería* they had not had too good a time. Down along the road, with the *romería* already behind them, the family went deflated and sad like a damp old accordion. A cold sharp wind had blown up, a mountain wind which penetrated the skin, and the family, which now formed a compact cluster, walked along in silence, with their feet tired, their memories empty, their hair and clothes covered with dust, their illusions cheated, their throats dry and their flesh full of an inexplicable coldness.

A few hundred paces further on, night closed in over the road: a dark moonless night, a dreadful, lonely night like a mad woman dressed in black wandering over the country-side. An owl hooted, gloomily, from the pinewood, and the bats were flying, as if crazed, two hand-breadths above the walkers' heads. An occasional bicycle or horse overtook, at

caminantes. Alguna bicicleta o algún caballo adelantaban, de trecho en trecho, a la familia, y al sordo y difuso rumor de la romería había sucedido un silencio tendido, tan sólo roto, a veces, por unas voces lejanas de bronca o de jolgorio.

Luisito, el niño mayor, se armó de valentía y habló:

— Mamá.

— ¿Qué?

— Me canso.

— ¡Aguántate! También nos cansamos los demás y nos aguantamos. ¡Pues estaría bueno!³⁰

El niño, que iba de la mano del padre, se calló como se calló su padre. Los niños, en esa edad en que toda la fuerza se les va en crecer, son susceptibles y románticos; quieren, confusamente, un mundo bueno, y no entienden nada de todo lo que pasa a su alrededor.

El padre le apretó la mano.

— Oye, Encarna, que me parece que este niño quiere hacer sus cosas.

El niño sintió en aquellos momentos un inmenso cariño hacia su padre.

— Que se espere a que lleguemos a casa; éste no es sitio. No le pasará nada por aguantarse un poco; ya verás como no revienta. ¡No sé quién me habrá metido a mí a venir a esta romería, a cansarnos y a ponernos perdidos!

El silencio volvió de nuevo a envolver al grupo. Luisito, aprovechándose de la oscuridad, dejó que dos gruesos y amargos lagrimones le rodasen por las mejillas. Iba triste, muy triste y se tenía por uno de los niños más desgraciados del mundo y por el más infeliz y desdichado, sin duda alguna, de toda la colonia.

Sus hermanos, arrastrando cansinamente los pies por la polvorienta carretera, notaban una vaga e imprecisa sensación de bienestar, mezcla de crueldad y de compasión, de alegría y de dolor.

La familia, aunque iba despacio, adelantó a una pareja de enamorados, que iba aún más despacio todavía.

certain points, the family, and the dull, diffuse noise of the *romería* was succeeded by a blanket silence, broken only, at times, by some distant voices of dispute or merriment.

Luisito, the eldest child, armed himself with courage and spoke:

'Mummy.'

'What?'

'I'm getting tired.'

'You'll have to put up with it! We're getting tired too and we're putting up with it. What next!'

The child, who was walking along holding his father's hand, was quiet just as his father was quiet. Children, at that age when all their strength goes in growing, are impressionable and romantic; they wish dimly for a good world, and understand nothing of what happens around them.

His father squeezed his hand.

'Listen, Encarna, I think this child wants to do his business.'

The child felt in those moments a huge affection towards his father.

'Let him wait until we get back home; this is no place. It won't hurt him to carry on a bit; he won't burst, you'll see. I don't know who induced me to go to this *romería*, to tire ourselves out and to get ourselves dirty.'

Silence enveloped the group again. Luisito, taking advantage of the darkness, let two large bitter tears roll down his cheeks. He was sad, very sad and considered himself one of the most miserable children in the world, and the most unfortunate and unhappy, without any doubt, on the whole housing estate.

His brothers and sisters, wearily dragging their feet along the dusty road, experienced a vague, undefined feeling of well-being, a mixture of cruelty and compassion, happiness and pain.

The family, although they were walking slowly, overtook a courting couple, who were going even more slowly still.

Doña Adela se puso a rezongar en voz baja diciendo que aquello no era más que frescura, desvergüenza y falta de principios. Para la señora era recusable todo lo que no fuera el nirvana o la murmuración, sus dos ocupaciones favoritas.

Un perro aullaba, desde muy lejos, prolongadamente, mientras los grillos cantaban, sin demasiado entusiasmo, entre los sembrados.

A fuerza de andar y andar, la familia, al tomar una curva que se llamaba el Recodo del Cura, se encontró cerca ya de las primeras luces del pueblo. Un suspiro de alivio sonó, muy bajo, dentro de cada espíritu. Todos, hasta el cabeza de familia, que al día siguiente, muy temprano, tendría que coger el tren camino de la capital y de la oficina, notaron una alegría inconfesable al encontrarse ya tan cerca de casa; después de todo, la excursión podía darse por bien empleada sólo por sentir ahora que ya no faltaban sino minutos para terminarla.

El cabeza de familia se acordó de un chiste que sabía y se sonrió. El chiste lo había leído en el periódico, en una sección titulada, con mucho ingenio, «El humor de los demás»: un señor estaba de pie en una habitación pegándose martillazos en la cabeza y otro señor que estaba sentado le preguntaba: «Pero, hombre, Peters, ¿por qué se pega usted esos martillazos?», y Peters, con un gesto beatífico, le respondía: «¡Ah, si viese usted lo a gusto que quedo cuando paro!»

En la casa, cuando la familia llegó, estaban ya las dos criadas, la Nico y la Estrella, preparando la cena y trajinando de un lado para otro.

– ¡Hola, señorita! ¿Lo han pasado bien?

Doño Encarnación hizo un esfuerzo.

– Sí, hija; muy bien. Los niños la han gozado mucho. ¡A ver, niños! – cambió – , ¡quitaos los pantalones, que así vais a ponerlo todo perdido de resina!

La Estrella, que era la niñera – una chica peripuesta y pizpireta, con los labios y las uñas pintados y todo el aire de una señorita de conjunto sin contrato que quiso

Doña Adela started to grumble in a low voice saying that that was simply insolence, shamelessness and lack of morals. For the lady everything which was not nirvana or gossip, her two favourite occupations, was exceptionable.

A dog howled, from very far away, protractedly, while the crickets chirruped, without too much enthusiasm, among the fields.

By dint of walking and walking, the family, taking a bend which was called Curate's Corner, found itself close now to the first lights of the village. A sigh of relief was heard, quite soft, within each heart. All of them, even father, who very early the following day would have to catch the train back to the capital and the office, felt an inadmissible happiness at finding themselves already so near home; after all, the outing could be considered profitable solely because of the feeling now that only minutes were needed to complete it.

Father remembered a joke he knew and smiled to himself. He had read the joke in a newspaper, in a section entitled, with great wit, 'Other people's humour': a gentleman was standing in a room hitting himself on the head with a hammer and another gentleman who was sitting down was asking him: 'But Peters, why are you hitting yourself with that hammer?', and Peters, with a beatific expression, answered him: 'Ah, if you knew how good I feel when I stop!'

The two maids, Nico and Estrella, were already in the house when the family arrived, preparing dinner and coming and going, hither and thither.

'Hello, madam! Did you have a good time?'

Doña Encarnación made an effort.

'Yes, my dear, a very good time. The children enjoyed it greatly. Right, children!' – her tone altered – 'take your pants off otherwise you'll get resin all over everything!'

Estrella, who was the nurse – a smart neat girl, with her lips and her nails painted and all the air of a chorus girl without a contract who resolved to take a summer holiday

veranear y reponerse un poco – , se encargó de que los niños obedecieran.

Los niños, en pijama y bata, cenaron y se acostaron. Como estaban rendidos se durmieron en seguida. A la niña de la avispa, a la Encarnita, ya le había pasado el dolor; ya casi ni tenía hinchada la picadura.

El cabeza de familia, su mujer y su suegra cenaron a renglón seguido de acostarse los niños. Al principio de la cena hubo cierto embarazoso silencio; nadie se atrevía a ser quien primero hablase: la excursión a la romería estaba demasiado fija en la memoria de los tres. El cabeza de familia, para distraerse, pensaba en la oficina; tenía entre manos un expediente para instalación de nueva industria, muy entretenido: era un caso bonito, incluso de cierta dificultad, en torno al que giraban intereses muy considerables. Su señora servía platos y fruncía el ceño para que todos se diesen cuenta de su mal humor. La suegra suspiraba profundamente entre sorbo y sorbo de Vichy.

– ¿Quieres más?

– No, muchas gracias; estoy muy satisfecho.

– ¡Qué fino te has vuelto!

– No, mujer; como siempre ...

Tras otro silencio prolongado, la suegra echó su cuarto a espadas:[31]

– Yo no quiero meterme en nada, allá vosotros; pero yo siempre os dije que me parecía una barbaridad grandísima meter a los niños semejante caminata en el cuerpo.[32]

La hija levantó la cabeza y la miró; no pensaba en nada. El yerno bajó la cabeza y miró para el plato, para la rueda de pescadilla frita; empezó a pensar, procurando fijar bien la atención, en aquel interesante expediente de instalación de nueva industria.

Sobre las tres cabezas se mecía un vago presentimiento de tormenta ...

and relax a bit – took care that the children obeyed.

The children, in pyjamas and dressing gowns, had their
supper and went to bed. As they were tired out they went to
sleep immediately. The girl with the wasp sting, Encarnita,
was no longer in pain; the sting was almost not even swollen
any more.

Father, his wife and his mother-in-law had dinner immediately after the children had gone to bed. At the beginning
of dinner there was a certain awkward silence; nobody dared
to be the one who spoke first: the outing to the *romería* was
too fixed in the memory of the three of them. Father, to
amuse himself, thought about the office; he had in hand a
file on the installation of a new industry, a very fascinating
one: it was a nice case, even of some difficulty, about which
very considerable interests revolved. His wife was serving
dishes and frowning so that all of them should be sensible of
her bad mood. Mother-in-law was sighing deeply between
sips of Vichy water.

'Do you want any more?'

'No, thank you very much; I am very satisfied.'

'How refined you've become!'

'No, dear; just as usual.'

After another prolonged silence, mother-in-law butted
in:

'I don't want to meddle in anything, that's your business;
but I always told you that it seemed to me extremely silly to
make the children trek so far.'

Her daughter lifted her head and looked at her; she was
not thinking about anything. Her son-in-law lowered his
head and looked at his plate, at the ring of fried hake; he
began to think, trying to fix his attention properly, about
that interesting file on the installation of a new industry.

Above their three heads the vague foreboding of a storm
was flickering . . .

THE PIGEON

CARLOS MARTÍNEZ MORENO

Translated by Giovanni Pontiero

PALOMA[1]

*Y la paloma volvió a él
a la hora de la tarde.*

(Génesis, 8. 11)

A la cruda luz de la tarde de domingo, techos y azoteas trazaban sus líneas sobre el cielo azul; sobre un cielo casi añil. Brígido veía, como escalas horizontales, las antenas de T.V. y, más acá, las chimeneas y los tendederos, los reveses curtidos y abominables de las paredes con sus lampos de hollín, los ventanillos, los mechinales,[2] las cañerías de desagüe.

Era el paisaje de siempre, el rincón de distancia y cerramiento que columbraba desde su patio, con los perfiles familiares en que irrumpía de tiempo en tiempo la providencia de algún rascacielos. Pocitos[3] crecía, pero el patio era el mismo: la ley Serrato,[4] el limonero (blanco de guano[5]) que se secó, el palomar que había mandado construir cuando cobró el Beneficio de Retiro.

Se alzó de la silla enana, brilló la paja amarilla y resplandeciente como una placa solar sobre las rayas en fuga del embaldosado rojo; dejó el termo y el mate[6] a un costado de la silla y se puso a enderezar un pasador en la puerta de los nidales; pero sólo lo hacía para ir llenando de pequeñas ocupaciones, que se consumían sin dejar rastro ni memoria, el hueco de una larga expectación. Eran más de las tres de la tarde y, estudiado el viento, las palomas tendrían que ir llegando alrededor de las cuatro, si es que realmente las habían largado a las diez de la mañana en Paso de los Toros.[7]

La tarde antes había prendido, en el ajetreo de la víspera, el hervor de la temporada nueva: empezaba a dorarse el otoño y se disputaba la primera carrera. El club era una vieja casa del Sur, con el cuadrilátero de un

136

THE PIGEON

*And the dove came in to him
in the evening.*
(Genesis, 8. 11)

In the harsh light of that Sunday afternoon, roofs and ter-
races traced their lines against the blue sky, a sky that was
almost indigo. Brígido could see the television aerials like
horizontal ladders, and in the foreground the chimneys and
the clothes-lines, the loathsome, weather-beaten rear walls
with their patches of soot, the shutters, the end-timbers and
the drain-pipes.

It was the usual prospect, that remote yet confined corner
which he glimpsed from his patio, with the familiar outlines
which were broken from time to time by the providential
appearance of some skyscraper. The town of Pocitos was
growing, but the patio remained unchanged; his Serrato
Statute house, the withered lemon tree (white with *guano*),
the pigeon-loft which he had had built when he drew his
pension.

He rose from his low chair, and the bright yellow straw
shone like a solar disc on the fading lines that ran across the
red tiling. He put his thermos flask and maté on the arm of
his chair and set about adjusting a latch on the door of the
nests; but he only did this to try to fill with little tasks,
which spent themselves without trace or memory, the void of
a lengthy expectation. It was after three o'clock in the afternoon and, judging by the wind, the pigeons should start to
arrive at about four, if they had in fact released them at ten
o'clock that morning in Paso de los Toros.

The previous evening, he had caught, in the bustle of
preparation, the enthusiasm of the new season: the autumn
was turning to gold and the first race was being contended.
The club was an old house in the southern style, with the

gran patio de damero y claraboya.[8] Allí iban amontonándose, rumorosos en la penumbra, los jaulones henchidos de palomas. Era increíble que tras el entumecimiento de esa espera y del largo viaje, un animal se soltara luego a volar con tal ímpetu y cruzara el país en unas pocas horas. Estaban allí, cloqueantes y con su olor tibio y aun tenue, aguardando que vinieran los soldados.

Las cargarían en camiones y las llevarían a la estación, para que viajaran a través de la noche, con más frío, con hedor progresivamente más denso, hacia el andén de destino.

El club tenía en esos días, desde la caída de la tarde, la animación de una tarea obstinada, emprendedora, ritual. Oficinistas de profesión, los socios parecían espolvorear gozosamente de sus hombros la fatiga de toda una rutina escritural, para ir llenando minuciosamente – con la delectación de una prolijidad responsable – las planillas de vuelo. Lo hacían por gusto, y aquél era el ejercicio de su libertad, por más que se asemejara en todo a la monotonía de su trabajo, a la subordinación del empleo, a la cara del resto de la semana. Era el sábado de tarde y, alineados junto a las largas mesas, recibiendo los datos y distribuyéndolos en las casillas de las cuadrículas, sacudían la acidia de seis días y el aburrimiento de sus vidas, entregándolos a la única forma verosímil en que aún podían entender la ilusión del deporte y la fascinación del éxito. «En la ciudad de un millón de habitantes, habrá siempre cien locos que críen palomas», había escrito alguien, para satirizarlos cordialmente; y sin quererlo, les había dado una feroz razón de existencia. Los condenados a galeras se juntaban a remar, una vez libres.

Al lado de ellos, sobre el fervor de sus espaldas curvadas, iban y venían conjeturas, sistemas de alimentación, *pedigrees*, vaticinios, estimaciones sobre el viento de mañana. En la habitación contigua, otros anillaban las palomas, allegándolas suavemente, en el

four sides of its large patio checkered beneath the roof-light. There they started to pile up, murmuring in the shadows, the large cages crammed with pigeons. It was incredible that after the torpor of that wait and the long journey, a creature could then be released to fly with such impetuosity and cross the country within a few hours. There they were, cooing and emitting a warm, even delicate, scent, as they awaited the arrival of the soldiers.

They would load them into trucks and would take them to the station, so that they could travel through the night, colder, and with an ever more powerful stench, towards the platform of their destination.

On those days the club bustled from dusk onwards with the animation of a purposeful, enterprising and ritual task. Office workers by profession, its members seemed joyfully to shed from their shoulders the burden of the whole office routine, as they set about carefully filling up their flight forms – with the delight of a painstaking task. They did it for pleasure; and that was the way they exercised their freedom, however completely it might resemble their monotonous work, their subservient employment, and the aspect of the rest of their working week. It was Saturday afternoon and, lined up at the long tables, as they took down particulars and sorted them into the pigeon-holes of the wall-cabinets, they shook off the indolence of the previous six days and the boredom of their daily existence, devoting themselves to the only likely pastime in which they could still have the illusion of sport and the fascination of success. 'In a city of a million inhabitants, there will always be a hundred madmen who breed pigeons,' someone had written in friendly satire; and unwittingly, he had given them a crazy *raison d'être*. The galley-slaves used to get together and go out rowing, once they were free.

Around them, above the feverish activity of their bent shoulders, there passed to and fro conjectures, feeding methods, pedigrees, predictions and forecasts about to-morrow's wind. In the next room, others ringed the pigeons, drawing them gently in the palm of their hands towards the

cuenco de la mano, a la máquina en que se hacía «el marcaje»; las mantenían tomadas de la quilla y sometían sus patas, acartuchadas y rojas, a la argolla gris de plástico y al tubo numerado. Las iban deslizando una a una, decían en voz alta el número de las cápsulas que utilizaban; y también ese recuento se iba asentando en la planilla. La operación era rápida, ingrávida, y al cabo de ella la misma mano echaba el pichón, que tímidamente parecía existir como el conato de un pensamiento de victoria, a la jaula cuya puerta retráctil chasqueaba al cerrarse. La mano conservaba todavía por un instante su ondulación desconcertada, un balanceo trémulo, como si las puntas de los dedos devolvieran el ansia con que cada criador apacentaba el acto de fichar y librar su paloma.

Brígido siempre había visto como un fetiche – sentía ahora latir el suyo, lo tocaba con un movimiento receloso, para cerciorarse de que permanecía y funcionaba en su sitio – aquel reloj ciego que el club alquilaba, en la noche del sábado, a cada uno de los que *corrían*. Era un rechoncho aparato sin esfera, misterioso y casi visceral, que existía de una manera indescifrable y segura; por su única ranura había que introducir, apenas extraída de la pata de la paloma que regresaba, la cápsula con su número; y esa entrada imprimía la hora del retorno. Vueltos al club, la noche del domingo el comisario de la carrera alineaba a todos, cada uno con el reloj ciego palpitándole en una mano que palpitaba. Los prevenía y, a una palmada, debían oprimir un botón que, del lado opuesto a la ranura, estampaba otra pauta de tiempo. Ella permitía acompasar los relojes, precisar las diferencias sutiles del que adelantaba o atrasaba, y sincronizarlos. Nivelados así los datos, se pasaba a calcular las compensaciones: el palomar de Carrasco tenía tantos minutos de favor, el de la Unión tantos otros. Era lo que se llamaba, burocráticamente, «hacer las bonificaciones». Los mismos rostros gastados por la comezón de la jornada, semibarbudos y enrojecidos de sol, acosada la lumbre de los ojos en los bolsones fláccidos

machine that did the marking; and holding them by the breastbone, they subjected their legs, taped and red, to the grey plastic stapler and numbered tube. They then slipped them away one by one, and called out in a loud voice the numbers of the capsules they were using, and this information too was entered on each form. The operation was rapid and harmless, and once it was over the same hand thrust the pigeon, which timidly appeared to represent the struggle behind the thought of victory, towards the cage whose spring door closed with a snap. The hand still retained for a moment its disturbed gesture, a tremulous flutter as if its finger tips were shedding the anxiety with which each fancier attended to the business of marking and releasing his pigeon.

Brígido had always considered as a fetish – he could now hear the ticking of his stop-watch, and he touched it with a cautious movement to make sure that it was working properly in its right place – that sealed stop-watch which the club hired out on Saturday evenings to those who were racing. It was a chubby apparatus without a dial, mysterious and almost organic, which seemed to have an indefinable yet definite existence. Into its single slot one had to insert the numbered capsule as soon as it had been extracted from the leg of the returning pigeon, and this entry stamped the hour of its arrival. Back at the club on Sunday night, the president of the race lined everyone up, each with his stop-watch throbbing in a throbbing hand. He alerted them and when he clapped his hands they had to press a button on the opposite side from the slot, which registered another time stamp. This allowed them to check their watches, note the subtle differences of those that were fast or slow, and synchronize them. The information thus sorted, they proceeded to work out adjustments. The pigeon-loft of Carrasco had so many minutes' start, and that of the Union so many. It was what was bureaucratically referred to as 'working out the handicaps'. The same faces, haggard from the anxious suspense of the day's events, ill-shaven and reddened by the sun, the light of their eyes embedded in the flaccid

de las ojeras que envejecían, se volcaban entonces a la
verificación de esos descuentos, ya que de aquella
zarabanda de números – más que del vuelo en sí –
habría por fin de levantarse el triunfo. Pero apenas
venida, esa evidencia sólo insuflaba – en el cansancio de
todos – una opaca, desvanecida y conturbada sonrisa.
Tan pobre era, al fin de cuentas, la plenitud final de la
conquista, tras los días y meses que la habían atesorado,
alimentado y descreído.

*

Por el ventanillo de la cocina, apareció de súbito la
cabeza desgreñada de Elisa; la edad crítica había
terminado de averiar su humor y le había hecho perder,
en la vida doméstica, todo último rastro de coquetería,
toda apariencia de aliño.

– Por lo visto, tampoco hoy saldremos – dijo hostil-
mente, y alzó los ojos, como si esperara la respuesta del
pedazo de cielo vacuo que divisaba desde el recuadro –
Sí, ya lo sé: ¡hay carreras!

– Es la primera del año, corrigió Brígido.

– Y las otras de estos domingos, ¿qué eran?

– Vareos – insistió él, imperturbablemente.

– ¡Vaya una diferencia! – replicó la voz, que ya se
retiraba.

No se la veía, pero se hablaba a sí misma cuando
articuló, fría y audiblemente:

– Las palomas, ¡tus famosas palomas!

Famoso, famosas: uno de sus adjetivos predilectos, en
los que seguía poniendo mayor suma de desdén.

Brígido asió el termo con una mano y con la otra
allegó el mate, que cabeceaba con la bombilla vacilante,
bajo aquella mirada perpleja, que parecía considerarlo
por vez primera.

En el reproche de cada tarde de sol que *desperdiciaban*
con el Wyllis[9] en el garaje – como si la disponibilidad del
automóvil fuera una promesa de diversiones vacantes –

pouches of ageing wrinkles, suddenly became dizzy at the confirmation of those deductions, since on that complexity of numbers, more than on the flight itself, their final triumph depended. But once arrived at, the result only drew, amid the general exhaustion, faint, vapid and perplexed smiles. The final flush of victory was such a dismal thing, in the last analysis, after the days and months in which they had treasured it, nurtured it, and disbelieved.

*

Through the kitchen shutters, the dishevelled head of Elisa suddenly appeared; the change of life had finally spoiled her temper and had made her lose in domestic life every last trace of coquetry, every semblance of tidiness.

'It doesn't look as if we shall be going out today either,' she said aggressively, raising her eyes as if she expected the reply from the fragment of empty sky that she could glimpse from the window frame. 'Yes, I know, the races are on!'

'It's the first race of the year,' Brígido corrected her.

'And the others on these last few Sundays, what were they?'

'Practice-flights,' he insisted imperturbably.

'Some difference, for heaven's sake!' replied the voice, which was already withdrawing.

She could not be seen, but she was speaking to herself when she uttered, coldly and audibly:

'Pigeons, you and your famous pigeons!'

'Famous' was one of her favourite adjectives, into which she went on putting the greatest possible amount of contempt.

Brígido grabbed his thermos with one hand, and with the other he brought towards it the maté, which washed up and down with the swaying tube, as he contemplated it with a puzzled gaze as if for the first time.

In the reproach of every sunny afternoon that they *frittered away* while the Wyllis remained in the garage – as if the availability of the car were a promise of gratuitous

él asistía ahora a otra ilustración del mismo y viejo resentimiento: ni hijos, ni dinero, ni gloria.

Y pensaba que él tenía también un término que agregar al rosario: ni bienquerencia. La comprensión fiada al tiempo no había llegado, y en su sitio había cuajado una desapacible extrañeza, la fruta de un crecimiento huraño, que los enajenaba imponderablemente, como si cada mañana amanecieran más distantes uno del otro, más desconocidos sobre la misma almohada. Recordaba sus años de funcionario en la frontera, los que ella llamaba «los años de tu vesícula biliar», segura de que la enfermedad y el tratamiento los habían marcado más a fondo que cualquier forma posible del entendimiento y la dicha. Su primera visión de cada día era entonces una cuchara enorme cerca de su ojo izquierdo, una cuchara llena de líquido oleaginoso y desde más atrás la cabeza desmadejada que lo había despertado (entonces se recomponía al levantarse, pero ya hoy quedaba flotando con sus mechones blancos, lanceando unas mejillas hundidas, a lo largo de toda la jornada) y le espetaba sin cariño:

— Tu famoso Amerol. Ya son las seis.

Debía tomarlo una hora antes de levantarse; tomarlo y acostarse sobre el lado derecho, para que el remedio hiciera efecto.

Como manera de vengarse, él había bautizado con las mismas palabras — «tu famoso Amerol» — el viejo disco que ella solía poner por las noches, las puertas de la celosía abiertas hacia el patio, mientras se balanceaba en el sillón de hamaca[10] — abanicándose quedamente, en medio a un halo de calor inmóvil — y se sentía envolver y penetrar, hasta la somnolencia, por el aliento dulzarrón del jazminero y por la aquerenciada melodía.

Allá en la noche callada,
para que se oiga mejor,
ámame mucho, que así amo yo.

diversions – he was now witnessing another display of the same old grudge: no children, no money, no fame.

He was thinking that he too had a bead to add to the rosary – no affection. The mutual understanding expected from the passage of time had not come, and in its place there had settled an uncomfortable estrangement, the fruits of a growing diffidence, which imponderably estranged them, as if each morning they should awake the one more distant from the other, even greater strangers on the pillow they shared. He recalled his years as an office worker on the frontier, which she referred to as 'the years of your gall-bladder', certain that the illness and its treatment had marked them more deeply than any possible form of understanding or happiness. His first daily impression was in those days an enormous spoon near his left eye, a spoon filled with an oily liquid, and beyond it the dishevelled head which had awakened him (in those days she tidied herself upon rising, but nowadays she floated around with her white locks jabbing her sunken cheeks the whole day long) and rebuked him without tenderness.

'Here's a dose of your famous Amerol. It's gone six o'clock.'

He had to take it one hour before getting up, take it and then lie on his right side, so that the remedy could take effect.

As a form of revenge, he had christened with the same words – 'your famous Amerol' – the old record that she used to play in the evenings, with the shutters opened on to the patio while she swayed in the canvas rocking-chair, silently fanning herself in a halo of motionless heat, and felt herself surrounded and penetrated, to the point of drowsiness, by the heavy scent of the jasmine and by the melody of her much loved song.

> *In the quiet of the night*
> *Say it loud for me to hear*
> *Love me with all your might –*
> *as I love you.*

Parecía que a través del silencio de la noche, ella quisiera comunicarse con alguien, en una relación que a él mismo sentado en pijama y haciendo pender flojamente las zapatillas sobre el escalón del patio, a un tiempo lo dejaba ileso y lo excluía. Acaso intentara comunicarse remotamente con alguien y el canto expresara su insatisfacción por la vida en aquel pueblo mediterráneo, su aislamiento, su soledad, la vasta sensación del tiempo perdido.

En esa quietud bochornosa, bajo el aura sofocante de los jazmines y hacia el centro distante de otra noche y otra ambición, Gardel y Razzano[11] cantaban, mordiendo las palabras en grupitos de sílabas caprichosas para recargar en algo el misterio trivial en que ella se dejaba mecer por aquel disco que nunca la empalagaba:

Allá en la noche callá-da
para que se óiga mejóhor
amamemú-choqueá-siá-moyó.

Al cabo del tiempo que rascó y escarbó en el corazón del ansioso mensaje – la púa primero siseaba y luego ya garuaba sobre la voz mitológica – ¿alguien la había escuchado, alguien había acudido a su cada vez menor fe, a su cada vez mayor sueño y desaliento y abotagada carnalidad senil en los párpados?

«Tu famoso Amerol» era de un efecto infalible: siempre la había irritado esta identificación del amor romántico con un colagogo.

Postergó muchas veces el instante de enjuiciarse, pero hoy sabía con claridad que, al final de su vida, sólo había aspirado a la paz, a un buen coeficiente jubilatorio y al beneficio de retiro. Las primeras tardes, al volver de la Caja, mientras el trámite avanzaba apenas en su laberinto de archivos, mesas, barandas, despachos y oficinas, Elisa y él habían extendido sobre la mesa del comedor los prospectos de las agencias de turismo, los mapas de campiñas y ciudades fabulosas, destinadas

It was as though across the silence of the night she wanted to communicate with someone, in a relationship which left Brígido himself, seated there in his pyjamas with his slippers dangling from his feet over the step of the patio, at once untouched and shut out. Perhaps she was trying vaguely to communicate with someone and the song helped her to express her dissatisfaction with life in that coastal town, her isolation, her solitude, the vast sensation of lost time.

In this sultry quiet, under the stifling aura of the jasmine and towards the distant centre of some other night and some other desire, Gardel and Razzano sang, biting off their words into groups of capricious syllables, to emphasize somewhat that trivial mystery into which she let herself be lulled by that record which never cloyed for her:

> *In the qui-et of the night*
> *Say it loud for-me to he-ar*
> *Love me with-all your might –*
> *   as I love-you.*

When it finally stopped scratching and scrabbling in the heart of that anxious message – the needle first hissed and then drizzled over that mythological voice – had anyone ever listened to her, or ever responded to her ever-diminishing faith, her ever-greater languor and dejection, and the bloated senile carnality of her eyelids?

'Your famous Amerol' had an infallible effect. This identification of romantic love with a bile medicine had always irritated her.

He had often postponed the moment of self-judgement, but on that day he knew with clarity that, towards the end of his life, he had only aspired to peace, to a good pension-grading and the benefit of retirement. Those first afternoons, upon returning from the accountant's office, while his claim barely progressed in the labyrinth of archives, desks, staircases, offices and departments, he and Elisa had spread on the dining-room table brochures of travel agencies, maps of lands and fabulous cities, destined to sum up the lives of

a recapitular la vida de quienes las acataban sin conocerlas; y habían discutido y retocado su itinerario de Europa, que corría sobre las huellas de los amigos o divergía de ellas, con la misma azarosa conjetura del Camino Mejor.

La mesa de Liquidaciones[12] y el pase a Jurídica habían ido matando insensiblemente aquella ilusión, estregada por demasiado tiempo. Y Europa se había convertido, a compensatorias partes iguales, en «mejoras para la casa» y en la construcción del palomar «científico», con sus nidales, perchas y bebederos; «mi biblioteca y mi bodega», como solía decir Brígido, excusándose por no tener otras extravagancias más imaginativas o costosas.

El viento soplaba ahora con fuerza: podían llegar antes de las cuatro. Volvió el termo y el mate a su sitio y empujó la estrecha puerta lateral que conducía al garaje. El Wyllis[9] no salía desde el domingo pasado, y cada vez costaba más ponerlo en marcha. El minuto que importaba era el de marcar el reloj, pero él tenía la impaciencia de partir tan pronto como lo cumplía; las puertas del galpón lo aguardaban abiertas, y el viejo motor trepidaba por primera vez, zumbando en aquella caja de zinc que lo magnificaba, una buena media hora antes de que la paloma apareciese.

Antes del palomar fueron las cajas de té, y pensaba en ellas como en su pelo negro y en su juventud, como en el siniestro cloqueo de felicidad que dejaba en su oído una Elisa hoy ya muerta y entonces recién satisfecha.

«Antes del palomar fueron las cajas de té», empezaba a narrar su Génesis privado. El mismo Wyllis no golpeaba entonces con este horrible latido de válvulas claudicantes. «El mundo era más joven pero la cruza no era ni sombra de lo buena que es ahora.» Y esta última evidencia le devolvía un brillo anegado en los años, un reflejo que en otros pozos se había inclinado a perseguir en vano.

«La cruza no era entonces ni sombra de lo que ha llegado a ser hoy», y la paloma que estaba planeando –

those who worshipped them without knowing them; and they had discussed and modified their itinerary of Europe, which followed upon the footsteps of friends or diverged from them, with a precarious conjecture like that of the Grand Tour.

The Pensions Office and the transfer to the Appeals Court had gradually killed that illusion eroded by the long passage of time. Europe had finally transformed itself into equal compensatory parts; 'improvements for the house' and the construction of a 'scientific' pigeon-loft with its nests, perches and drinking-troughs; 'my library and my cellar' as Brígido was wont to say, apologizing for not possessing other extravagances more fanciful or costly.

The wind was now blowing strongly; they might arrive before four o'clock. He put the thermos and the maté back in their place and pushed open the narrow sidedoor that led to the garage. The Wyllis had not been out since the previous Sunday and it was getting harder to start. The minute that mattered was that of registering the arrival-time on the stop-watch, but he was impatient to start off as soon as he had done so. The doors of the shed stood open in readiness and the ancient engine began to rumble, in that zinc box which magnified the noise, a good half-hour before the pigeon arrived.

Before the pigeon-lofts there were the tea-chests, and he thought of them as of his black hair and his youth, as of the sinister cackle of joy which an Elisa now dead but then recently satisfied used to utter in his ear.

'Before the pigeon-lofts there were the tea-chests,' he began to narrate his private Genesis. Even the Wyllis did not throb in those days with this horrible knocking of halting valves. 'The world was younger then but the breed was not a shadow of what it is today.' And this final conviction restored in him a brilliance submerged in the years, a reflection which he had leaned over to pursue in other wells without success.

'The breed then was not a shadow of what it has become today', and the pigeon which was gliding – surely very close

seguramente muy cerca – era el apogeo de esa cruza.
Hundió el pie en la acelerada final y apagó aquel
lamentable infierno de resuellos. «Vamos los dos para
viejos», bromeó mentalmente consigo mismo y con el
Wyllis, pensándose junto a él en pareja inseparable,
porque estaba de buen humor, con la cruza que todos
le envidiaban y el maravilloso animal que sentía cada
vez más próximo, navegando en la veta[13] de aire que
venía a morir a su mano.

Había apuntado el día de la primera victoria en la
caja fundadora de Té Tigre, donde cupieron las palomas iniciales. El tiempo había tatuado después otras
fechas pero el tiempo había traído también más y más
competidores; y a pesar de los manuales, de las dietas, de
las refinaciones de sangre, ganar una vez al año pasó a ser
ya mucho; y ganar el Premio de Apertura, un acontecimiento. *En la ciudad de un millón de habitantes hay ya más de
cien locos que crían palomas.* Y Brígido no ganaba desde hacía
cinco años.

Salió otra vez al aire flameante, y ahora ligeramente
nuboso, de la tarde dominical de siempre, esa tarde
que se inflaba en una larga metáfora maternal, como si
supiera que él podía ayudarla a alumbrar un pichón
insondablemente surgido de sus entrañas.

En el vacío indoloro patinó de pronto una voz gan-
gosa, jadeante y confianzuda: *Danubio se merecía este
empate, mis amigos.* La estrangularon sin dejarla ex-
plicarse.

«... Mis amigos.» El adiós de la Oficina estaba ya
enmarcado en el comedor, y allí flotaba su cara entre
otras que jamás volvería a ver juntas. Caras sonrientes,
botellas enfiladas y firmas en las orillas. Las despedidas
de soltero, los jubileos y los entierros tienen esa condición irreversible. Pero sus actividades de colombicultor
– así decía el diploma que enfrentaba a las tiesas y
alegres muecas de los ex compañeros – le habían
traído nuevas vinculaciones, imprevisibles conoci-
mientos, otra ventana al mundo.

– was the peak of this breed. He pressed his foot on the accelerator for a final burst, then silenced that distressing and hellish din. 'We're both getting old,' he mentally joked with himself and the Wyllis, thinking himself attached to it in inseparable union, because he was in a happy frame of mind with a breed which everyone envied him and that splendid creature which he felt to be ever nearer, flying with the currents of wind that were coming to fade out in his hand.

He had marked the date of his first victory on the original 'Tiger Tea' chest where his first pigeons were housed. Time had later tattooed other dates, but time had also brought more and more competitors; and despite the manuals, the diets and refinements of breeding, to win once a year had already come to mean a great deal; and to win the Inaugural Prize had become an event. *In the city of a million inhabitants there are now more than a hundred madmen who breed pigeons.* And Brígido had not won for five years.

He went out once more into the resplendent, and now slightly clouded, air of the familiar Sunday afternoon, that afternoon which swelled into a long maternal metaphor, as if aware that he could assist it to deliver a pigeon mysteriously surging from its womb.

Into the painless void there suddenly slid a panting and pseudo-intimate twanging voice – ' *The Danube team deserved this draw, my friends.*' They strangled it without allowing it to explain further.

'. . . My friends.' The office farewell was now framed in the dining-room, and there his face floated on a sea of others which he would never see together again. Smiling faces, rows of bottles, and autographs in the margins. Bachelor farewells, retirements and funerals all have this irreversible quality. But his activities as a pigeon-fancier, as stated in the diploma which faced the taut and happy grins of his ex-companions, had brought him other ties, unforeseen acquaintances, and another window on the world.

Por esa ventana aparecía todos los jueves la tez aindiada, redonda y pacífica de Juan Crisólogo Colla. Apenas cuarentón, era ya jubilado como él, y había sido Encargado de Palomares Militares. Lustroso, peinado, con todo el tiempo por delante, Colla se sentaba a hablar interminablemente. Sin relación visible con la desabrida conversación, su boca emitía a menudo una sonrisa de dientes blanquísimos, y entonces Brígido le perdonaba las prolijidades irritantes del relato. Entre cuanto había que escucharle con indulgencia, figuraba la historia de una reclamación que proseguía desde años atrás, para que le concedieran «estado militar», como lo había tenido su antecesor en los Palomares. Cuando se lo dieran, iniciaría el trámite para modificar la pequeña asignación del retiro. La certidumbre de que había todavía años de pleito en su futuro, parecía entibiar en un goce luciente y moderado aquel cuerpo que se removía entre los brazos del sillón, parecía darle una razón de vivir que nunca hubiera estado entre los brazos del amor.

Brígido oía mencionar como amortiguadas celebridades familiares – sin haberlos visto nunca – al Procurador de la Contaduría que había prometido informar favorablemente, al asesor del Ministerio que no comprendía el asunto, al Fiscal de Gobierno que recibía a Colla en mangas de camisa y lo hacía sentarse frente a él, con la bondad demostrativa de dejarlo explicar una vez más la cuestión. Y Colla llevaba un falso expediente en el que esos informes estaban recogidos a la letra, renglón por renglón, y las palabras se cortaban, proseguían y daban vuelta al reverso de cada foja exactamente a la altura en que lo hacían en el original. Los mismos sellos y rúbricas de las distintas dependencias estaban dibujados en los sitios precisos, y todo aquello – con triste simulación – parodiaba la vida.

Brígido le ofrecía de beber, enumerando alcoholes que aquellos labios vírgenes se prohibían sin tentación

Through this window, there appeared every Thursday the Indian-like complexion, the chubby and placid face of Juan Crisólogo Colla. Barely forty, he was already pensioned like himself and had been in charge of the military pigeon-lofts. Shining, his hair plastered down, with all the time in the world, Colla used to sit down and talk incessantly. Without any apparent relation to the vapid conversation, his mouth frequently displayed a smile of dazzling white teeth, and then Brígido forgave him the irritating length of his tale. While he had to listen to him with indulgence, Colla sketched the story of a claim, which he had been pursuing for years, to be granted the 'military status' his predecessor in the pigeon-lofts had enjoyed. When they granted it, he would take steps to have his small retirement allowance increased. The certainty that he still had years of legal action in front of him seemed to warm to a faintly glowing satisfaction that body which stirred between the arms of the chair, and seemed to afford him a *raison d'être* which there would never have been in the arms of love.

Brígido heard mentioned in vague terms well-known celebrities – without ever having seen them – the Chief Accountant who had promised to make a favourable report to the Legal Adviser at the Ministry who could not understand the case, and the Attorney-General who received Colla in his shirt sleeves and made him sit opposite him, with the obvious kindness of allowing him to explain the problem all over again. And Colla used to carry about with him a dummy file in which these details were assembled to the letter, line by line, and the words broke off, ran on and turned the page at precisely the same point as in the original. The very stamps and headings of the different departments were sketched in at the exact places, and the whole affair – with sad pretence – parodied life.

Brígido offered him a drink, listing alcohols that those virgin lips forbade themselves without any temptation whatso-

alguna, sabiendo de antemano que acabarían pidiendo
«una maltita».[14]

Entibiaba el vaso en la mano, porque el frío del
líquido lo había hecho una vez desvanecerse, con un
espasmo a la garganta, y lo habían dado momentánea-
mente por muerto.[15] Sus grandes ojos boyunos se habían
desorbitado entonces como nunca. Y cuando todavía
quedaba un resto de malta en la botella, la depositaba
en el suelo, desentendiéndose, y se ponía a mirar las
palomas y a hablar de ellas.

Sabía mucho, pensaba Brígido. Tenía la colección
de *Racing Pigeon*, y aunque no leía inglés, repetía de
memoria – como los dictámenes del expediente – las
notas de Squills, que se había hecho traducir un día
por su amigo, un Mayor del Ejército que había seguido
cursos de adiestramiento en los Estados Unidos.

A veces traía bajo el brazo revistas o libros colom-
bófilos, y era mejor que verlo aparecer con el reclamo
de su grado de capitán.

Mansamente hablaba de las ventajas del sistema de
«viudez integral» para los machos, y al oirlo Brígido
no podía evitar la cómica sensación zoológica de que
aquélla era una alabanza autobiográfica, una pondera-
ción vergonzante de la propia castidad.

Como si tuvieran un acento críptico de rito o de
poema, leía las frases subrayadas de los manuales que –
aún en el retiro – atesoraba bajo su firma gótica. «La
paloma que al despertarse es dura y ligera en las manos,
cuyo plumaje está apretado, aterciopelado y empolvado,
cuyos ojos tienen un destello brillante, es un ejemplar
en el que se puede creer.»

Los plácidos ojos se elevaban de la página beatífica-
mente, con un destello menos agresivo que el de la
buena paloma, como si aquella sensación matinal
compensara las carencias de la virilidad, como si la
tibieza de la paloma y de la malta fueran sustituciones
aceptadas y la vida alentara también en esas pequeñas

ever, knowing beforehand that they would finally request a 'malt drink'.

Colla warmed the glass in his hands, because the coldness of the liquid had once made him faint with a spasm in the throat, and for a moment they believed him dead. His great bovine eyes had popped more than ever on that occasion. And when there was still some of the malt left in the bottle, he placed it on the floor pretending not to notice, and began looking at the pigeons and discussing them.

He knew a lot, Brígido thought. He had the entire collection of the *Racing Pigeon*, and although he did not know English, he would repeat from memory, like the reports in his file, Squills's notes, which he had had translated one day by a friend, a sergeant-major who had been on some training courses in the United States.

Sometimes he would bring magazines or books on pigeon-fancying under his arm, and that was preferable to seeing him arrive with the papers for his claim to the rank of captain.

He spoke gently of the advantages of the idea of 'total celibacy' for the male birds, and as he listened to him Brígido could not avoid the farcical zoological sensation that here was an autobiographical eulogy, an embarrassing reflection on his own chastity.

As if they possessed the cryptic accent of rite or poetry, he would read the underlined phrases of the manuals which, even in retirement, he treasured up under his gothic signature. 'The pigeon which upon awakening is firm and light in the hand, whose plumage is compressed, velvet-like and powdery, whose eyes have a brilliant sparkle, is a specimen in which one can have faith.'

His placid eyes looked up beatifically from the page with a sparkle less aggressive than that of the prized pigeon, as if that awakening feeling might compensate for his lack of virility, as if the warmth of the pigeon and the malt were accepted substitutes and life had also breathed into these little clandestine glories which flowed through his huge

glorias clandestinas, que difundían por el extenso cuerpo, ocioso y vacante, una confortación apaciguada, la única que soportaban sus sentidos.

– Entre nosotros no se le da importancia, pero ha sido la pasión de los grandes hombres – decía. ¿Usted sabe, por ejemplo, que Darwin fue varias veces Presidente de las sociedades colombófilas de Londres, y lo recuerda con orgullo en «El Origen de las Especies»?

Brígido nunca había leído «El Origen de las Especies», y tampoco creía que Colla lo hubiera hecho. Pero *Racing Pigeon* contaba seguramente muchas cosas.

– En el siglo XVII – explicaba – se incendió toda una parte de Londres. Y las palomas eran más fieles a sus casas que los mismos dueños. Se quedaban quietas en los techos, hasta el final. Y cuando se decidían a volar se les quemaban las alas y caían al fuego.

Miraba con un aire de suficiencia, como si aquello lo supiera por Darwin.

– Un tal Pepys lo cuenta – añadía.

Un día apareció con una horrible alegoría a carbonilla y se la regaló. Darwin estaba de pie, con su cabeza noble, la gran barba congelada y un levitón oscuro. Estaba de pie y tenía una paloma resplandeciente en la mano derecha.

Se veía que la cabeza había sido tomada de algún grabado – «con un pantógrafo», confesó – pero el resto lo había imaginado por su cuenta.[16] Y había trazado un cuerpo oblongo y adenoidal como el suyo, enfundado penosamente en una veste indefinida y turbia. La paloma se encendía en la diestra circuída de rayos, como un fanal de la cursilería.[17]

Brígido guardaba el cuadrito tras el aparador y lo sacaba el jueves a primera hora, a la espera de la visita puntual del dibujante, regimentado y minucioso hasta para perder el tiempo.

– Pero usted ha descolgado el banquete que le

frame, functionless and inane, a soothing consolation and the only one that his senses could bear.

'Amongst us it isn't given any importance, but it has been the obsession of great men,' he observed. 'Do you know, for instance, that on several occasions Darwin was President of the Pigeon Societies of London, and he recalls the fact with pride in *The Origin of Species*?'

Brígido had never read *The Origin of Species*, nor did he believe that Colla had either. But the *Racing Pigeon* probably reported a great many things.

'In the seventeenth century,' Colla went on, 'a whole section of London was burnt down. The pigeons were more faithful to their homes than the owners themselves and they remained quietly on the roof-tops until the end. When they decided to fly away their wings were scorched and they fell into the flames.'

He stared with a smug air, as if he had learned that from Darwin.

'A certain Mr Pepys speaks of it,' he added.

One day he appeared with a hideous cartoon drawn in charcoal and gave it to Brígido. Darwin was standing with his noble head and great stiff beard, wearing a dark overcoat. He was standing erect and holding a shining dove in his right hand.

One could see that the head had been taken from some engraving, 'with a pantograph,' he confessed, but the rest he had drawn from his imagination. He had depicted an oblong lymphatic body like his own, uncomfortably attired in an ill-defined and obscure garment. The dove blazed in his right hand, surrounded by a halo like a vulgar lamp-shade.

Brígido kept the picture behind the sideboard, and brought it out early on the Thursday in readiness for the punctual visit of the artist, regimented and punctilious even when wasting his time.

'But you have taken down the photograph of the banquet

dieron — protestaba Colla, tenuemente halagado.
¡Es injusto!

Y el banquete volvía a subirse a la pared el mismo
jueves por la noche, cuando bajaba Darwin.

*

No podría decir si vio o presintió la paloma en el cielo,
dejándose caer en las rachas de viento y planeando por
encima de su cabeza. Miró el reloj en su muñeca. Eran
las cuatro menos cuarto, tenía que haber hecho una
carrera estupenda. Estaba sobre el palomar y volvía
a planear, como si toda su embriaguez de aire aun no
le bastara.

¡Tenía que bajar en seguida, eran segundos preciosos!
Pero la vio remontarse y dar un nuevo volteo, en
círculos que no se estrechaban.

¡Tenía que bajar, tenía que bajar! Lanzar una
paloma al vuelo era echar una botella al mar, buscarse
en un mundo desconocido y receloso. ¡Y ahora estaba
aquí, ahora volvía para distraerse planeando!

Corrió entonces a la despensa y volvió tocado con su
gorra marinera («la gorra de almirante», como le
llamaba sarcásticamente Elisa) porque era la que se
ponía para darles la ración, y aquello las hacía venir
desde el cielo o descolgarse de las perchas, dentro de
las jaulas. Sintió un cloqueo inquieto, el restallar de los
vuelos cortos en el interior de los palomares, pero la
paloma seguía en lo alto, embebecida, ensimismada,
fija en las rachas del viento o dejándose caer sobre el
filo de un ala, para retomar altura, como si todo su
ser, insensible a cuanto sucedía abajo, sólo estuviera en la
quilla que hendía aquel azul estriado, nuboso.

Trémulo, corriendo de un extremo a otro del angosto
patio, y levantando en sus corridas[18] el aletear sordo de
los pichones encerrados, Brígido se puso a sacudir la
gorra, en enormes, patéticos saludos, en ademanes
desaforados y violentamente ceremoniosos, como un
bufo del viejo cine. ¡Nada! La paloma seguía grabando

which they gave you,' Colla protested, somewhat flattered. 'It isn't fair!'

And the banquet went back up on the wall on that very Thursday night, when Darwin came down.

*

He could not say if he saw or merely sensed the pigeon in the sky, swooping with the gusts of wind and gliding above his head. He glanced at the watch on his wrist. It was a quarter to four, and it must have flown a marvellous race. It was above the pigeon-loft and started to glide again, as if all its intoxication of air were still not enough for it.

It must come down at once! These were precious seconds. But he saw it soar again and give another spin, in circles which were not narrowing.

It must come down! It must come down! To launch a pigeon into flight was like throwing a bottle into the sea, seeking one's way in an unknown and hostile world. And now one moment it was here, and the next it returned to enjoy its gliding!

He therefore ran to the store-room and came back sporting his seaman's cap (his 'admiral's cap' as Elisa sarcastically called it) because that was what he wore to feed the birds, and that was what induced them to come down from the sky or descend from their perches in the cages. He heard a disquieted cooing, the explosion of rapid flights inside the pigeon-lofts, but the pigeon stayed on high, exhilarated, abstracted, transfixed in the gusts of wind or dropping on the edge of a wing, to soar high once more, as if its whole being, insensible to what was happening below, only existed in that breastbone which cleft the furrowed and clouded blue.

Trembling, sprinting from one end of the narrow patio to the other, provoking in his wake a muffled fluttering from the caged pigeons, Brígido began to wave his cap, in sweeping, pathetic salutation, in enormous and violently exaggerated gestures, like a comedian in silent films. No use! The pigeon went on tracing circles in the sky, indifferent,

anillos en el cielo, indiferente, desconocida, impregnada de un sol que sólo estaba en sus alas y no ya en el espacio confinado en que Brígido batía la gorra, allí donde la tarde empezaba a empañarse con un aliento estropeado y sucio.

¡Tenía que bajar de cualquier modo, eran minutos preciosos!, se atropellaba a pensar febrilmente, sin discurrir el modo.

Sobre uno de los jaulones estaba la caña con que solía agruparlas para que comieran en sus sitios, y también se puso a blandirla, mientras la gorra, ladeada y casi insostenible, se mantenía por un momento en la cabeza que seguía bullendo soluciones.

Tanteó en el bolsillo, mientras seguía corriendo el tiempo del reloj, y extrajo el silbato; era un alerta al que siempre obedecían. Se dio a resoplar en él desafinada, aturdida, desgarradoramente a través del aire aterido.

Insensible, majestuosa, relampagueante en los trechos de luz y asordinada en los fondos de nubes, inasible, la paloma no parecía escucharlo. Tocó y tocó, rayó la tarde a pitadas de rebato,[19] desinfló como fuelles unos pulmones que sólo jadeaban angustia.

Menos ajeno que el vuelo de la paloma, el rostro de Elisa tornó a surgir en el ventanillo, con la desordenada sorpresa de una cabeza de resorte en su caja. Las mechas blancas y los pómulos desolados prohijaron una risa atolondrada, que simpatizaba con el ridículo de la situación.

– Te está haciendo perder la carrera sobre la propia crisma[20] – vociferó con indiscernible aspereza – ¡Esto es el colmo!

– ¡Por favor! – gritó Brígido, con un gesto que pedía algo, excitada y tensamente, sin dar con el nombre –. ¡Por favor! – y sus manos dibujaron en el aire una forma larga, en el mismo ademán con que habían esgrimido la caña que ahora crujía bajo sus pies, en el suelo –. ¡Por favor, rápido!

unknown, permeated by a sun which now shone only on its wings and no longer on to the confined space where Brígido brandished his cap, where the afternoon began to be blurred with spoilt and murky breath.

It must descend anyhow. These were precious minutes! He racked his brains feverishly, without devising any solution.

Above one of the cages rested the cane which he used to guide the birds to their proper eating-places, and he began to brandish that also, while his cap, lopsided and about to fall, balanced for a moment on his head in which there still seethed solutions to the problem.

He groped in his pocket, while the time on the stop-watch went ticking on, and took out his whistle; this was a signal which they always obeyed. He began to blow it harshly, in confused, heart-rending blasts across the startled air.

Unheeding, majestic, flashing in the patches of sunlight and deafened in the depths of the clouds, inaccessible, the pigeon did not seem to listen. He whistled and whistled, blasted the afternoon with signals of command, and deflated like bellows his lungs which only heaved with anguish.

Less remote than the flight of the pigeon, the face of Elisa appeared once more at the window, with the ruffled surprise of a jack-in-the-box. The white locks and wasted cheekbones engendered reckless laughter which matched the farce of the situation.

'It's making you lose the race on your very doorstep,' she shouted with indiscernible harshness. 'This is the limit!'

'Please!' Brígido cried with an expression that pleaded for something, excitedly and tensely, without naming it, 'please!' and his hands drew a long shape in the air, in the same gesture with which they had flourished the cane which creaked on the ground beneath his feet. 'Please, come quickly!'

Pero como Elisa jamás entendía, como Elisa jamás sabía lo que barbotaba en su gesto si no estaba también en sus palabras, y como no podía dar con ellas, resollante y desbaratado, abominó de esa cara que pedía explicaciones y corrió hacia adentro. La gorra de almirante, precariamente instalada sobre aquel rostro que se descomponía, rodó por el suelo, atravesando con un claror fugaz el rayo de luz que venía a morir al pie de los nidales.

¡Tenía que bajar, era el Premio Apertura, era la consagración esperada, era la justificación de todo, por los años de los años! ¡Tenía que bajar, su mejor producto, el apogeo de la cruza!

Volvió corriendo al patio y la vio suspendida, insensible, como si alguien la mantuviera izada al cabo de un hilo, mansa e inalcanzable cometa, encima mismo de su llegada. Sin perder tiempo, fiándose a un pulso que las agitaciones aun no habían averiado, se echó el winchester a la cara y tiró.

Cuando se oyó el chasquido también la paloma plegaba las alas y se dejaba venir. Se dejaba venir resplandeciente en la tarde, como si bajara por una escala del cielo, como si cayera de la mano de Darwin. Opacamente, el cuerpo golpeó sobre la techumbre más alta del palomar y se escurrió tras él, entre el revés de listones blancos y la pared lindera.

— ¡Estás loco, estás loco! — volvió a oirse proferir a Elisa, que había callado el espacio justo para que cupiera en el patio la limpidez seca del estampido.

Dejó el winchester a un lado, tomó la caña y gateando — en cuatro pies — la hizo correr por el resquicio, entre la base del palomar y el piso, hasta que por allí trajo a rastras la paloma, cálida y ensangrentada ... *Cien locos que crían palomas, pero uno solo que las cría y las mata, ¡uno solo que las cría y las mata!*

— ¡Por el amor de Dios, Brígido! — exclamó Elisa, que nunca lo invocaba —. ¿Qué estás haciendo?

Sintió la humedad caliente de la sangre en la mano

But since Elisa never understood, since she never knew what he was muttering with his actions if it was not also expressed in words, and since he could not hit upon them, panting and frustrated, he detested that face which demanded explanations, and he fled indoors. His admiral's cap, precariously perched above that desperate face, rolled on to the ground, traversing with a fleeting flash the ray of sunlight which faded at the foot of the nests.

It must come down! This was the Inaugural Prize, this was the long-awaited consecration, the justification of everything, of all those endless years! It must descend, his prize specimen, the peak of his breed!

He came running back into the patio and saw it suspended, unheeding, as if someone were holding it hoisted at the end of a thread, a gentle and unattainable kite directly above its landing-place. Without losing any time, relying on a steady pulse which his nerves had not as yet affected, he raised his Winchester to his cheek and fired.

When the shot was heard, the pigeon too folded its wings and let itself come down. It let itself come down resplendent in the afternoon, as if it were descending a heavenly ladder or falling from the hand of Darwin. Dully, its body struck the highest roof-top of the pigeon-loft and slid down behind it, between the back of the white laths and the bordering wall.

'You're crazy, crazy!' he again heard the comment of Elisa, who had been silent just long enough for the dry clear report of the gunshot to fill the patio.

He laid the Winchester aside, seized the cane and crawling on all fours, slipped it through the gap, between the bottom of the pigeon-loft and the ground, until he gradually dragged out the pigeon, warm and covered in blood ... *A hundred madmen who breed pigeons, but only one who breeds them and kills them, only one who breeds them and kills them!*

'For God's sake, Brígido!' exclaimed Elisa, who as a rule never invoked His name. 'What on earth are you doing?'

He felt the warm wetness of its blood in his hand, while,

mientras, con movimiento veloz, quitaba la cápsula de la pata, agarrotada y retraída bajo el ala; y así, desde el polvo, entre la gorra caída, el arma a un lado y los gritos de la mujer, se alzó de rodillas, aturdido y crispado, *¡por el amor de Dios!*, y tomando el reloj ciego embutió en él la cápsula.

Hermoso animal – articuló la exaltación dentro de él, con un hálito furioso y maligno –. *Hermoso y estúpido animal, si gano esta carrera te embalsamo.*

Se puso de pie y echó a correr hacia el auto. Rígida – *dura y ligera* – la paloma quedó alumbrando una esquina precozmente borrosa de la tarde, la pluma abierta y el cuajarón espléndido, sobre el piso de baldosas oscuras.

with a rapid movement, he removed the capsule from its leg, which was twisted and drawn up under its wing, and thus, stunned and convulsed, surrounded by the fallen cap, the abandoned gun and the shouts of his wife, he got up on to his knees out of the dust, '*Oh my God!*' and taking the stop-watch, he pressed in the capsule.

'*Beautiful creature,*' the exaltation within him proclaimed, with a furious and malignant gasp. '*Beautiful and stupid creature, if I win this race I'll embalm you.*'

He stood up and began to run towards the car. Rigid, 'firm and light', the pigeon lay lighting up a prematurely blurred corner of the afternoon, its plumage open and its clotting blood brilliant on the dark tiles.

TALPA

JUAN RULFO

Translated by J. A. Chapman

TALPA[1]

Natalia se metió entre los brazos de su madre y lloró largamente allí con un llanto quedito.[2] Era un llanto aguantado por muchos días, guardado hasta ahora que regresamos a Zenzontla[3] y vio a su madre y comenzó a sentirse con ganas de consuelo.

Sin embargo, antes, entre los trabajos de tantos días difíciles, cuando tuvimos que enterrar a Tanilo en un pozo de la tierra de Talpa, sin que nadie nos ayudara, cuando ella y yo, los dos solos, juntamos nuestras fuerzas y nos pusimos a escarbar la sepultura desenterrando los terrones con nuestras manos dándonos prisa para esconder pronto a Tanilo dentro del pozo y que no siguiera espantando ya a nadie con el olor de su aire lleno de muerte – entonces no lloró.

Ni después al regreso, cuando nos vinimos caminando de noche sin conocer el sosiego, andando a tientas como dormidos y pisando con pasos que parecían golpes sobre la sepultura de Tanilo. En ese entonces, Natalia parecía estar endurecida y traer el corazón apretado para no sentirlo bullir dentro de ella.[4] Pero de sus ojos no salió ninguna lágrima.

Vino a llorar hasta aquí, arrimada a su madre;[5] sólo para acongojarla y que supiera que sufría, acongojándonos de paso a todos, porque yo también sentí ese llanto de ella dentro de mí como si estuviera exprimiendo el trapo de nuestros pecados.

Porque la cosa es que a Tanilo Santos entre Natalia y yo lo matamos. Lo llevamos a Talpa para que se muriera. Y se murió. Sabíamos que no aguantaría tanto camino; pero, así y todo, lo llevamos empujándolo entre los dos, pensando acabar con él para siempre. Eso hicimos.

*

TALPA

Natalia threw herself into the arms of her mother and wept there for a long time sobbing very quietly. The tears had been held back for many days, stored up until now when we returned to Zenzontla and she saw her mother and began to feel she had a need of consolation.

Even so, before, during the labours of so many hard days, when we had to bury Tanilo in a pit in the soil of Talpa, with no one to help us, when she and I, the two of us alone, joined our strength and began to scrape out the grave, digging up the clods with our own hands – hurrying so as to hide Tanilo quickly in the pit so that he should not go on frightening anyone with the smell of his breath full of death – then she did not weep.

Nor afterwards, on the way back, when we were travelling by night without knowing any rest, groping as though asleep and treading with steps that seemed like blows on the grave of Tanilo. At that time Natalia seemed to be hardened and to be holding herself in so as not to feel her emotions stirring within her. But from her eyes there came not a tear.

She had come back here to her mother to weep; she had come here only to upset her and to let her know that she was suffering and at the same time she upset us all, because I too felt her weeping within me, as though she were wringing out the remnants of our sins.

Because the fact is that we killed Tanilo Santos between us, Natalia and I. We took him to Talpa so that he should die. And he died. We knew that he would not endure so much travelling; but even so we took him, driving him on between us, thinking to finish with him forever. That is what we did.

*

La idea de ir a Talpa salió de mi hermano Tanilo. A
él se le ocurrió primero que a nadie. Desde hacía años que
estaba pidiendo que lo llevaran. Desde hacía años.
Desde aquel día en que amaneció con unas ampollas
moradas repartidas en los brazos y las piernas.[6] Cuando
después las ampollas se le convirtieron en llagas por
donde no salía nada de sangre y sí una cosa amarilla[7]
como de copal que destilaba agua espesa. Desde entonces
me acuerdo muy bien que nos dijo cuánto miedo sentía de no tener ya remedio. Para eso quería ir a ver
a la Virgen de Talpa; para que Ella con su mirada le
curara sus llagas. Aunque sabía que Talpa estaba lejos y
que tendríamos que caminar mucho debajo del sol de los
días y del frío de las noches de marzo, así y todo quería ir.
La Virgencita le daría el remedio para aliviarse de
aquellas cosas que nunca se secaban. Ella sabía hacer eso:
lavar las cosas, ponerlo todo nuevo de nueva cuenta[8]
como un campo recién llovido. Ya allí, frente a Ella, se
acabarían sus males; nada le dolería ni le volvería a
doler más. Eso pensaba él.

Y de eso nos agarramos Natalia y yo para llevarlo. Yo
tenía que acompañar a Tanilo porque era mi hermano.
Natalia tendría que ir también, de todos modos, porque
era su mujer. Tenía que ayudarlo llevándolo del brazo,
sopesándolo a la ida y tal vez a la vuelta sobre sus
hombros, mientras él arrastrara su esperanza.

Yo ya sabía desde antes lo que había dentro de
Natalia. Conocía algo de ella. Sabía, por ejemplo, que
sus piernas redondas, duras y calientes como piedras al
sol del mediodía, estaban solas desde hacía tiempo. Ya
conocía yo eso. Habíamos estado juntos muchas veces;
pero siempre la sombra de Tanilo nos separaba: sentíamos que sus manos ampolladas se metían entre nosotros y
se llevaban a Natalia para que lo siguiera cuidando. Y
así sería siempre mientras él estuviera vivo.

Yo sé ahora que Natalia está arrepentida de lo que
pasó. Y yo también lo estoy; pero eso no nos salvará del
remordimiento ni nos dará ninguna paz ya nunca.

The idea of going to Talpa came from my brother Tanilo. It occurred to him before it occurred to anyone. For years he had been asking to be taken. For years. Since that day when he awoke with purple blisters all over his arms and legs; from the time, later on, when the blisters turned into sores from which, instead of blood, there flowed a yellow substance like a resinous gum that dripped thick water: from then on, I remember very well that he told us how afraid he was of never finding a cure. For that reason, he wanted to go to see the Virgin of Talpa, so that She with Her gaze might cure his sores. Although he knew that Talpa was far away and that we would have to travel a great deal in the daytime sun and the cold nights of March, even so he wished to go. The little Virgin would give him the remedy to cure him of those things that never healed. She knew how to do it, to cleanse things, to make everything new again like a freshly rained-on field. Once there, in front of Her, his ills would be ended; nothing would hurt him or ever hurt him again. So he thought.

And Natalia and I seized on that in order to take him. I had to go with Tanilo because he was my brother. Natalia would have to go as well in any case because she was his wife. She had to help him, holding him by the arm, support-ing him on the way there, and perhaps on the way back on her shoulders, while he dragged his hope along.

I already knew from before what was in Natalia's mind. I knew something of her. I knew, for example, that her round legs, hard and warm like stones in the midday sun, had been lonely for some time. I already knew that. We had been together many times; but always the shadow of Tanilo separated us; we felt that his swollen hands came between us and took Natalia away so that she should go on caring for him. And so it would always be whilst he was alive.

I know now that Natalia has repented of what happened. And so have I. But that will not save us from remorse or give us any peace ever now. It will not make us easy to know

No podrá tranquilizarnos saber que Tanilo se hubiera muerto de todos modos porque ya le tocaba, y que de nada había servido ir a Talpa, tan allá tan lejos; pues casi es seguro de que se hubiera muerto igual allá que aquí, o quizás tantito después aquí que allá, porque todo lo que se mortificó por el camino, y la sangre que perdió de más, y el coraje y todo, todas esas cosas juntas fueron las que lo mataron más pronto. Lo malo está en que Natalia y yo lo llevamos a empujones,[9] cuando él ya no quería seguir, cuando sintió que era inútil seguir y nos pidió que lo regresáramos. A estirones lo levantábamos del suelo para que siguiera caminando, diciéndole que ya no podíamos volver atrás.

«Está ya más cerca Talpa que Zenzontla.» Eso le decíamos. Pero entonces Talpa estaba todavía lejos; más allá de muchos días.

Lo que queríamos era que se muriera. No está por demás decir que eso era lo que queríamos desde antes de salir de Zenzontla y en cada una de las noches que pasamos en el camino de Talpa. Es algo que no podemos entender ahora; pero entonces era lo que queríamos. Me acuerdo muy bien.

Me acuerdo muy bien de esas noches. Primero nos alumbrábamos con ocotes.[10] Después dejábamos que la ceniza oscureciera la lumbrada y luego buscábamos Natalia y yo la sombra de algo para escondernos de la luz del cielo. Así nos arrimábamos a la soledad del campo, fuera de los ojos de Tanilo y desaparecidos en la noche. Y la soledad aquella nos empujaba uno al otro. A mí me ponía entre los brazos el cuerpo de Natalia y a ella eso le servía de remedio. Sentía como si descansara; se olvidaba de muchas cosas y luego se quedaba adormecida y con el cuerpo sumido en un gran alivio.

Siempre sucedía que la tierra sobre la que dormíamos estaba caliente. Y la carne de Natalia, la esposa de mi hermano Tanilo, se calentaba en seguida con el calor de la tierra. Luego aquellos dos calores juntos quemaban y lo

that Tanilo would have died anyway, because his time had come; or that going to Talpa, so far away, had been of no use at all; because he would almost certainly have died just the same there as here; perhaps a little bit later here than there because of all he suffered on the journey and the extra blood he lost and because of his anger and everything, all those things taken together were what killed him off sooner. The bad thing is that Natalia and I took him, driving him on when he no longer wanted to continue, when he felt that it was useless to continue and asked us to take him back. We pulled him up from the ground so that he should go on walking, telling him that we could no longer turn back.

'Talpa is nearer than Zenzontla.' So we told him. But then Talpa was still far away; many days ahead of us.

What we wanted was for him to die. It is no exaggeration to say that that was what we had wanted since before we had left Zenzontla and on every one of the nights that we spent on the road to Talpa. It is something that we cannot understand now; but then it was what we wanted. I remember very well.

I remember those nights very well. At first we would light our surroundings with pine brands. Then we would allow the ash to darken the fire and then Natalia and I would seek the shade of something to hide ourselves from the light of the sky. So we sought protection in the solitude of the countryside, out of the sight of Tanilo and hidden in the night. And that solitude drove us towards each other. It placed Natalia's body in my arms, and that acted as a solace to her. She had the feeling that she was resting; she would forget many things, and then she would doze off with her body plunged in a great feeling of relief.

It always happened that the earth on which we slept was warm. And the flesh of Natalia, the wife of my brother Tanilo, would be warmed at once with the warmth of the earth. Then those two warmths would burn together and

173

hacían a uno despertar de su sueño. Entonces mis manos
iban detrás de ella: iban y venían por encima de ese
como rescoldo que era ella; primero suavemente, pero
después la apretaban como si quisieran exprimirle la
sangre. Así una y otra vez, noche tras noche, hasta que
llegaba la madrugada y el viento frío apagaba la lumbre
de nuestros cuerpos. Eso hacíamos Natalia y yo a un lado
del camino de Talpa, cuando llevamos a Tanilo para que
la Virgen lo aliviara.

Ahora todo ha pasado. Tanilo se alivió hasta de vivir.
Ya no podrá decir nada del trabajo tan grande que le
costaba vivir, teniendo aquel cuerpo como emponzoñado,
lleno por dentro de agua podrida que le salía por cada
rajadura de sus piernas o de sus brazos. Unas llagas así
de grandes,[11] que se abrían despacito, muy despacito,
para luego dejar salir a borbotones un aire como de cosa
echada a perder que a todos nos tenía asustados.

Pero ahora que está muerto la cosa se ve de otro modo.
Ahora Natalia llora por él, tal vez para que él vea desde
donde está, todo el gran remordimiento que lleva encima
de su alma. Ella dice que ha sentido la cara de Tanilo
estos últimos días. Era lo único que servía de él para ella;
la cara de Tanilo, humedecida siempre por el sudor en
que lo dejaba el esfuerzo para aguantar sus dolores. La
sintió acercándose hasta su boca, escondiéndose entre sus
cabellos, pidiéndole, con una voz apenitas,[12] que lo
ayudara. Dice que le dijo que ya se había curado por fin;
que ya no le molestaba ningún dolor. «Ya puedo estar
contigo, Natalia. Ayúdame a estar contigo», dizque[13] eso
le dijo.

Acabábamos de salir de Talpa, de dejarlo allí enterrado bien hondo en aquel como surco profundo que
hicimos para sepultarlo.

Y Natalia se olvidó de mí desde entonces. Yo sé
cómo le brillaban antes los ojos como si fueran charcos
alumbrados por la luna. Pero de pronto se destiñeron,
se le borró la mirada como si la hubiera revolcado en la
tierra. Y pareció no ver ya nada. Todo lo que existía

make you wake from your dreams. Then my hands would go after her; they would come and go over the smouldering thing that she was; first of all gently, but afterwards they would crush her as though they wished to press out her blood. And so on, again and again, night after night, until the morning came and the cold wind put out the fire of our bodies. That is what Natalia and I did on one side of the road to Talpa, when we took Tanilo so that the Virgin would cure him.

Now it is all over. Tanilo has found relief even from living. He can no longer tell us anything of the great effort it cost him to live, with that festering body full of putrid water inside, which came out from every sore in his legs and arms. He had great wounds which would open slowly, very slowly, to let out bubbles of gas that smelled of something gone bad; and they had us all terrified.

And now that he is dead things can be seen differently. Now Natalia weeps for him, perhaps so that he should see, from where he is, all the great remorse that she bears upon her soul. She says that she has felt Tanilo's face these last few days. It was the only thing of his that was of any use to her; the face of Tanilo, always soaked in the sweat in which the effort to bear his pains left him. She felt it coming closer to her mouth, hiding itself in her hair, asking her, with the smallest perceptible voice, to help him. She says that he told her that he was finally cured, that no pain troubled him any more. 'Now I can be with you, Natalia. Help me to be with you,' she says that he said that to her.

We had just left Talpa, just left him there buried very deep in that deep furrow-like place which we dug to inter him.

And Natalia forgot me from then on. I know how her eyes used to shine before, as though they were pools lit by the moon. But suddenly they faded, her gaze was darkened as if it had been trampled in the earth. And she seemed not to see anything any more. All that existed for her was that

para ella era el Tanilo de ella, que ella había cuidado mientras estuvo vivo y lo había enterrado cuando tuvo que morirse.

*

Tardamos veinte días en encontrar el camino real de Talpa. Hasta entonces habíamos venido los tres solos. Desde allí comenzamos a juntarnos con gente que salía de todas partes; que había desembocado como nosotros en aquel camino ancho parecido a la corriente de un río, que nos hacía andar a rastras, empujados por todos lados como si nos llevaran amarrados con hebras de polvo. Porque de la tierra se levantaba, con el bullir de la gente, un polvo blanco como tamo de maíz que subía muy alto y volvía a caer; pero los pies al caminar lo devolvían y lo hacían subir de nuevo; así a todas horas estaba aquel polvo por encima y debajo de nosotros. Y arriba de esta tierra estaba el cielo vacío, sin nubes, sólo el polvo; pero el polvo no da ninguna sombra.

Teníamos que esperar a la noche para descansar del sol y de aquella luz blanca del camino.

Luego los días fueron haciéndose más largos. Habíamos salido de Zenzontla a mediados de febrero, y ahora que comenzaba marzo amanecía muy pronto. Apenas si cerrábamos los ojos al oscurecer, cuando nos volvía a despertar el sol, el mismo sol que parecía acabarse de poner hacía un rato.

Y yo nunca había sentido que fuera más lenta y violenta la vida como caminar entre un amontonadero de gente; igual que si fuéramos un hervidero de gusanos apelotonados bajo el sol, retorciéndonos entre la cerrazón del polvo que nos encerraba a todos en la misma vereda y nos llevaba como acorralados. Los ojos seguían la polvareda; daban en el polvo como si tropezaran contra algo que no se podía traspasar. Y el cielo siempre gris, como una mancha gris y pesada que nos aplastaba a todos desde arriba. Sólo a veces, cuando cruzábamos algún río, el polvo era más alto y más claro. Zambullíamos la cabeza acalenturada y renegrida en el agua verde, y por un

Tanilo of hers whom she had cared for while he was alive, and had buried when he had to die.

*

We took twenty days to find the main road to Talpa. Until then we had come alone, the three of us. From then on we began to join up with people who came out from all sides; who had flowed out like us into that wide road like the current of a river, which forced us along, driven on all sides as though they were carrying us on, bound by threads of dust. For with the bustle of the people, a white dust like maize chaff lifted off the ground, rose very high and fell again, but with their movement our feet sent it back and made it rise again; so all the time the dust was above and below us. And above this earth was the empty sky, with no clouds, only the dust. But dust gives no shade.

We had to wait for the night to rest from the sun and from that white light from the road.

Then the days gradually became longer. We had left Zenzontla about mid-February, and now that March was beginning day broke very early. We had hardly closed our eyes as it grew dark when the sun awoke us again, the same sun that seemed to have just set a little while before.

I had never felt that life was as slow and desperate as when we were walking in a mob of people; as though we were a mass of worms rolled together under the sun, writhing in the dark clouds of dust that confined us all to the same track, and carried us along as though we were penned in. Our eyes followed the cloud of dust; they met the dust as though they were striking against something that could not be penetrated. And the sky, forever grey, like a heavy grey stain that crushed us all from above. Only at times, when we were crossing some river, the dust would be higher and lighter. We would duck our feverish and blackened heads in the green water, and for a moment a

momento de todos nosotros salía un humo azul, parecido al vapor que sale de la boca con el frío. Pero poquito después desaparecíamos otra vez entreverados en el polvo, cobijándonos unos a otros del sol, de aquel calor del sol repartido entre todos.

Algún día llegará la noche. En eso pensábamos. Llegará la noche y nos pondremos a descansar. Ahora se trata de cruzar el día, de atravesarlo como sea para correr del calor y del sol. Después nos detendremos. Después. Lo que tenemos que hacer por lo pronto es esfuerzo tras esfuerzo para ir de prisa detrás de tantos como nosotros y delante de otros muchos. De eso se trata. Ya descansaremos bien a bien cuando estemos muertos.

En eso pensábamos Natalia y yo y quizá también Tanilo, cuando íbamos por el camino real de Talpa, entre la procesión; queriendo llegar los primeros hasta la Virgen, antes que se le acabaran los milagros.

Pero Tanilo comenzó a ponerse más malo. Llegó un rato en que ya no quería seguir. La carne de sus pies se había reventado y por la reventazón aquella empezó a salírsele la sangre. Lo cuidamos hasta que se puso bueno. Pero, así y todo, ya no quería seguir:

«Me quedaré aquí sentado un día o dos y luego me volveré a Zenzontla.» Eso nos dijo.

Pero Natalia y yo no quisimos. Había algo dentro de nosotros que no nos dejaba sentir ninguna lástima por ningún Tanilo. Queríamos llegar con él a Talpa, porque a esas alturas, así como estaba, todavía le sobraba vida. Por eso mientras Natalia le enjuagaba los pies con aguardiente para que se le deshincharan, le daba ánimos. Le decía que sólo la Virgen de Talpa lo curaría. Ella era la única que podía hacer que él se aliviara para siempre. Ella nada más. Había otras muchas Vírgenes; pero sólo la de Talpa era la buena. Eso le decía Natalia.

Y entonces Tanilo se ponía a llorar con lágrimas que hacían surco entre el sudor de su cara y después se maldecía por haber sido malo. Natalia le limpiaba los chorretes de lágrimas con su rebozo, y entre ella y yo lo

blue smoke rose from all of us, like the vapour that comes from your mouth with the cold. But a short time afterwards, we would disappear again, intermingled with the dust, protecting each other against the sun, from that heat of the sun dispensed to everyone.

Sometime night will come. We would think of that. Night will come and we will begin to rest. Now it is a question of getting through the day by any means so as to run from the heat and the sun. Afterwards we will stop. Afterwards. What we have to do for the moment is to make effort upon effort to hurry after so many like us and in front of many others. It is a question of that. We will have a really good rest when we are dead.

We thought about that, Natalia and I, and perhaps Tanilo too, as we were going along the main road to Talpa, in the procession; wanting to reach the Virgin first, before Her miracles were done.

But Tanilo began to get worse. There came a moment when he no longer wanted to continue. The flesh of his feet had burst, and through the cracks his blood began to flow out. We took care of him until he was well. But even so he no longer wanted to go on.

'I'll stay here sitting down for a day or two and then I'll go back to Zenzontla.' So he said to us.

But Natalia and I did not want that. There was something within us that did not allow us to feel any compassion for any Tanilo. We wanted to get to Talpa with him, because at that stage, in the state he was, he still had too much life left. Therefore, while Natalia rinsed his feet with spirits so that the swelling should be reduced, she reassured him. She told him that only the Virgin of Talpa would cure him. That only She could make it possible for him to be finally cured. Only She. There were many other Virgins; but only the Talpa one was any good. So Natalia said to him.

And then Tanilo started to cry with tears that made a furrow through the sweat on his face, and afterwards he cursed himself for having been wicked. Natalia wiped away his tear-marks with her shawl, and between us she and I

levantábamos del suelo para que caminara otro rato más, antes que llegara la noche.

Así, a estirones,[14] fue como llegamos con él a Talpa.

Ya en los últimos días también nosotros nos sentíamos cansados. Natalia y yo sentíamos que se nos iba doblando el cuerpo entre más y más. Era como si algo nos detuviera y cargara un pesado bulto sobre nosotros. Tanilo se nos caía más seguido y teníamos que levantarlo y a veces llevarlo sobre los hombros. Tal vez de eso estábamos como estábamos: con el cuerpo flojo y lleno de flojera para caminar.[15] Pero la gente que iba allí junto a nosotros nos hacía andar más aprisa.

Por las noches, aquel mundo desbocado se calmaba. Desperdigadas por todas partes brillaban las fogatas y en derredor de la lumbre la gente de la peregrinación rezaba el rosario, con los brazos en cruz, mirando hacia el cielo de Talpa. Y se oía cómo el viento llevaba y traía aquel rumor, revolviéndolo, hasta hacer de él un solo mugido. Poco después todo se quedaba quieto. A eso de la medianoche podía oírse que alguien cantaba muy lejos de nosotros. Luego se cerraban los ojos y se esperaba sin dormir a que amaneciera.

*

Entramos en Talpa cantando el Alabado.[16]

Habíamos salido a mediados de febrero y llegamos a Talpa en los últimos días de marzo, cuando ya mucha gente venía de regreso. Todo se debió a que Tanilo se puso a hacer penitencia. En cuanto se vio rodeado de hombres que llevaban pencas de nopal colgadas como escapulario,[17] él también pensó en llevar las suyas. Dio en amarrarse los pies uno con otro con las mangas de su camisa para que sus pasos se hicieran más desesperados. Después quiso llevar una corona de espinas. Tantito después se vendó los ojos, y más tarde, en los últimos trechos del camino, se hincó en la tierra, y así, andando sobre los huesos de sus rodillas y con las manos cruzadas hacia atrás, llegó a Talpa aquella cosa que era mi hermano Tanilo Santos; aquella cosa tan llena de cataplasmas y

raised him from the ground so that he might walk for a little while more before night came on.

So, pulling him along, we reached Talpa with him.

In the last days we too were feeling tired. Natalia and I felt that our bodies were becoming more and more bent. It was as if something were holding us back and placing a heavy burden on us. Tanilo fell more often, and we had to pick him up and sometimes carry him on our shoulders. Perhaps because of that we were the way we were; with our bodies weak, too weak to walk. But the people going along beside us made us walk faster.

During the nights that noisy crowd would calm down. Scattered everywhere the bonfires glowed, and around the firelight the people on the pilgrimage would recite the rosary, with their arms held out in the form of a cross, looking toward the heaven of Talpa. And we could hear how the wind brought near and carried away that sound, churning it until it made of it a single moan. A little later everything would be still. At about midnight we could hear that someone was singing very far from us. Then our eyes would close and we waited without sleeping for day to break.

*

We entered Talpa singing the morning song of praise.

We had left in mid-February and we reached Talpa in the last days of March, when many people were already on the way back. It was all because Tanilo started to do penance. As soon as he saw himself surrounded by men who carried fleshy leaves of prickly pears hanging like scapularies, he too thought to carry his. He took to tying his feet together with his shirt sleeves so that his steps should be more painful. Then he wanted to wear a crown of thorns. A little while afterwards he bandaged his eyes and later, on the last stretches of the road, he knelt down on the earth and thus, travelling on the bones of his knees and with his hands crossed behind him, the thing that was my brother Tanilo Santos reached Talpa. That thing so covered in poultices and dark threads of blood which left on the

de hilos oscuros de sangre que dejaba en el aire, al pasar, un olor agrio como de animal muerto.

Y cuando menos acordamos lo vimos metido entre las danzas. Apenas si nos dimos cuenta y ya estaba allí, con la larga sonaja en la mano, dando duros golpes en el suelo con sus pies amoratados y descalzos. Parecía todo enfurecido, como si estuviera sacudiendo el coraje que llevaba encima desde hacía tiempo; o como si estuviera haciendo un último esfuerzo por conseguir vivir un poco más.

Tal vez al ver las danzas se acordó de cuando iba todos los años a Tolimán,[18] en el novenario del Señor, y bailaba la noche entera hasta que sus huesos se aflojaban, pero sin cansarse. Tal vez de eso se acordó y quiso revivir su antigua fuerza.

Natalia y yo lo vimos así por un momento. En seguida lo vimos alzar los brazos y azotar su cuerpo contra el suelo todavía con la sonaja repicando entre sus manos salpicadas de sangre. Lo sacamos a rastras, esperando defenderlo de los pisotones de los danzantes; de entre la furia de aquellos pies que rodaban sobre las piedras y brincaban aplastando la tierra sin saber que algo se había caído en medio de ellos.

A horcajadas, como si estuviera tullido, entramos con él en la iglesia. Natalia lo arrodilló junto a ella, enfrente de aquella figurita dorada que era la Virgen de Talpa. Y Tanilo comenzó a rezar y dejó que se le cayera una lágrima grande, salida de muy adentro, apagándole la vela que Natalia le había puesto entre sus manos. Pero no se dio cuenta de esto; la luminaria de tantas velas prendidas que allí había le cortó esa cosa con la que uno se sabe dar cuenta de lo que pasa junto a uno.[19] Siguió rezando con su vela apagada. Rezando a gritos para oír que rezaba.

Pero no le valió. Se murió de todos modos.

«... desde nuestros corazones sale para Ella una súplica igual, envuelta en el dolor. Muchas lamentaciones revueltas con esperanza. No se ensordece su ternura ni ante los

air, as he passed, a bitter smell like that of a dead animal.

And when we least expected it, we saw him in amongst the dances. We hardly knew what was happening and there he was, with the long tambourine in his hand, banging the ground hard with his bare, livid feet. He seemed completely carried away as though he were shaking off the agony that he had borne for a long time; or as though he were making a last effort to succeed in living a little longer.

Perhaps on seeing the dances he remembered when he went every year to Tolimán, to the Lord's novena, and danced the night long until his bones felt weak, but without getting tired. Perhaps he remembered that and wanted to relive his old strength.

Natalia and I saw him like that for a moment. Then, we saw him raise his arms and beat his body against the ground, still with the tambourine ringing in his blood-spattered hands. We dragged him out, hoping to defend him from the trampling of the dancers, from amid the frenzy of those feet which whirled on the stones and leapt, crushing the earth, without realizing that something had fallen amongst them.

We went into the church with him, bestraddling our backs, as though he were paralysed. Natalia made him kneel next to her, right in front of that little gilded figure that was the Virgin of Talpa. And Tanilo began to pray and let fall a great tear that had welled from deep inside and that put out the candle which Natalia had placed in his hand. But he did not notice this; the light from all those candles burning there shut him off from awareness of what was going on near him. He went on praying with his candle extinguished, shouting his prayers so as to hear that he was praying.

But it did not help him. He died anyway.

'... from our hearts there goes out to Her the same supplication wrapped in pain. Many laments together with hope. Her tenderness does not shun either our laments or

lamentos ni las lágrimas, pues Ella sufre con nosotros. Ella sabe borrar esa mancha y dejar que el corazón se haga blandito y puro para recibir su misericordia y su caridad. La Virgen nuestra, nuestra madre, que no quiere saber nada de nuestros pecados; que se echa la culpa de nuestros pecados; la que quisiera llevarnos en sus brazos para que no nos lastime la vida, está aquí junto a nosotros, aliviándonos el cansancio y las enfermedades del alma y de nuestro cuerpo ahuatado,[20] herido y suplicante. Ella sabe que cada día nuestra fe es mejor porque está hecha de sacrificios ... »

Eso decía el señor cura desde allá arriba del púlpito. Y después que dejó de hablar, la gente se soltó rezando toda al mismo tiempo, con un ruido igual al de muchas avispas espantadas por el humo.

Pero Tanilo ya no oyó lo que había dicho el señor cura. Se había quedado quieto, con la cabeza recargada en sus rodillas. Y cuando Natalia lo movió para que se levantara ya estaba muerto.

Afuera se oía el ruido de las danzas; los tambores y la chirimía; el repique de las campanas. Y entonces fue cuando me dio a mí tristeza. Ver tantas cosas vivas; ver a la Virgen allí, mero enfrente de nosotros dándonos su sonrisa, y ver por el otro lado a Tanilo, como si fuera un estorbo. Me dio tristeza.

Pero nosotros lo llevamos allí para que se muriera, eso es lo que no se me olvida.

*

Ahora estamos los dos en Zenzontla. Hemos vuelto sin él. Y la madre de Natalia no me ha preguntado nada; ni qué hice con mi hermano Tanilo, ni nada. Natalia se ha puesto a llorar sobre sus hombros y le ha contado de esa manera todo lo que pasó.

Y yo comienzo a sentir como si no hubiéramos llegado a ninguna parte; que estamos aquí de paso, para descansar, y que luego seguiremos caminando. No sé para dónde; pero tendremos que seguir, porque aquí estamos muy cerca del remordimiento y del recuerdo de Tanilo.

our tears, for She suffers with us. She knows how to blot out that stain and allow the heart to become very soft and pure so as to receive Her pity and Her charity. Our Virgin, our Mother, who doesn't want to know of our sins; who takes on Herself the guilt of our sins, who would like to carry us in Her arms so that life might not hurt us; here She is near us, assuaging our weariness and the sicknesses of our souls and of our soft, wounded, pleading bodies. She knows that every day our faith is better because it is made up of sacrifices.'

That is what the priest said from up there in the pulpit. And after he had stopped talking, the people burst into prayer all at the same time, with a noise like that of many wasps frightened by smoke.

But Tanilo no longer heard what the priest had said. He had stayed quiet, with his head heavy on his knees. And when Natalia moved him to make him get up, he was already dead.

Outside you could hear the noise of the dances; the drums and the hornpipe; the chiming of the bells. And then it was that sadness came over me. To see so many things alive; to see the Virgin there, just in front of us, giving us Her smile; and to see Tanilo, on the other side, as though he were a hindrance. It made me sad.

But we took him there so that he might die, that is what I cannot forget.

*

Now the two of us are in Zenzontla. We have returned without him. And Natalia's mother has not asked me anything; not what I did with my brother Tanilo, nor anything. Natalia has begun to weep on her shoulders and she has told her, in this way, everything that happened.

And I am beginning to feel as though we had not reached any destination; that we are here for the moment, to rest, and that later we will go on travelling. I don't know where; but we will have to go on, because here we are very close to remorse and to the memory of Tanilo.

Quizá hasta empecemos a tenernos miedo uno al otro. Esa cosa de no decirnos nada desde que salimos de Talpa tal vez quiera decir eso. Tal vez los dos tenemos muy cerca el cuerpo de Tanilo, tendido en el petate enrollado; lleno por dentro y por fuera de un hervidero de moscas azules que zumbaban como si fuera un gran ronquido que saliera de la boca de él; de aquella boca que no pudo cerrarse a pesar de los esfuerzos de Natalia y míos, y que parecía querer respirar todavía sin encontrar resuello. De aquel Tanilo a quien ya nada le dolía, pero que estaba como adolorido, con las manos y los pies engarruñados y los ojos muy abiertos como mirando su propia muerte. Y por aquí y por allá todas sus llagas goteando un agua amarilla, llena de aquel olor que se derramaba por todos lados y se sentía en la boca, como si se estuviera saboreando una miel espesa y amarga que se derretía en la sangre de uno a cada bocanada de aire.

Es de eso de lo que quizá nos acordemos aquí más seguido: de aquel Tanilo que nosotros enterramos en el camposanto de Talpa; al que Natalia y yo echamos tierra y piedras encima para que no lo fueran a desenterrar los animales del cerro.

Perhaps we are even beginning to be afraid of each other. That business of not saying anything to each other since we left Talpa perhaps means that. Perhaps the two of us have Tanilo's body very close to us, laid out in the rolled sleeping-mat; covered on the inside and outside with a seething mass of blue flies that buzzed as though it were a great snoring which came out of his mouth; from that mouth that could not be shut in spite of Natalia's efforts and mine, and which seemed to want to breathe still, without finding a breath. The body of that Tanilo whom nothing hurt any more, but who seemed to be suffering, with his hands and feet tied, and his eyes wide open, as though looking at his own death. And here and there all his sores dripping a yellow water, full of that smell which spread everywhere and could be felt in your mouth, as though you were savouring a thick, bitter honey which melted in your blood at each gasp of air.

Perhaps it is that that we will remember here most often: that Tanilo whom we buried in the graveyard of Talpa; on whom Natalia and I threw earth and stones so that the beasts of the hills should not dig him up again.

NOTES ON SPANISH TEXTS

EMMA ZUNZ (*Borges*)

1. Literally, 'from which she learned'.
2. Bagé: a town in the province of Rio Grande do Sul, Brazil, not far from the frontier with Uruguay.
3. Capital city of the province of the same name.
4. Idiomatic phrase meaning 'right afterwards'.
5. Town in the province of Entre Ríos, Argentina.
6. District of Buenos Aires.
7. lit., 'her plan was already perfect'.
8. lit., 'boy-friends were talked of'.
9. A shady street in the dockland area.
10. Lacroze, the name of the tram company which runs certain lines in Buenos Aires, has come by association to mean 'tram'.

THE BUDGET (*Benedetti*)

1. Civil Service employees in Spanish America are not paid according to a national pay-scale; salaries are governed by the *presupuesto*, which estimates and authorizes expenditure in each particular department, according to its needs and importance. In this case, the last revision of the *presupuesto*, and therefore the last increase in salaries, had taken place forty years before.
2. lit., 'and thus, with dangling legs that showed . . . some immaculate white socks . . .'
3. The dried, aromatic leaves of a plant called *hierba del Paraguay*, from which maté, a kind of tea, is brewed. See also note 6 of 'The Pigeon'.
4. The hierarchy in the office is *Jefe, Oficial Primero, Oficial Segundo, Auxiliar Primero, Auxiliar Segundo*, typists and porter. The narrator's rank and status are not revealed in the story. Obviously there are no exact English equivalents for these ranks, and the translations given are only approximate.
5. lit., 'Security existed'.
6. *Tío*, as well as being the Spanish for 'uncle', is a somewhat

disrespectful slang term corresponding roughly to English 'chap' or 'character'.

7. The Spanish *a primera hora* is a vague and relative expression, here meaning 'at the beginning of the working day'.

8. lit., 'the overcoat ... had the lapels worn out' etc. This form is more normal in Spanish than *las solapas ... estaban gastadas.*

9. *Erectas como dos alitas de equivocación* – literally, 'stood up like two mistake brackets' – i.e. brackets thus: ( ) – which are put round mistakes instead of crossing out.

THE CAVALRY COLONEL (*Murena*)

1. The repetition in the translation helps to support what would otherwise be too extended an English sentence; the device is used later in the story in passages of indirect speech.

2. The Spanish impersonal *se termina* etc. has been translated here and throughout by the English idea 'you'. Arrangement and punctuation have also been altered slightly; Murena's punctuation is meticulous and excessive for normal English.

3. Clausewitz (Carl von: 1780–1831): a Prussian general and writer of books on military theory and one of the founders of the Prussian school of military training.

4. In 1930 the Conservative general Agustín P. Justo, President of the Argentine from 1931 to 1937, was responsible for a coup which overthrew President Hipólito Irigoyen and put Justo's ally José F. Uriburu into power.

5. *Tutear* means to address as *tu*; in English of course there is no formal distinction between the polite and the familiar 'you'.

6. *Camada*, from *cama* ('bed'), is literally 'brood' or 'litter'; *hornada*, meaning 'batch' (as of loaves) is also often used in this figurative way.

7. Zárate is less than fifty miles north-west of Buenos Aires; Esquel on the other hand lies nearly a thousand miles to the south in the Patagonian province of Chubut.

8. The freer translation here is less ambiguous than 'I couldn't explain it', which corresponds more to the Spanish imperfect tense.

9. *Casilla*, from *casa*, has a variety of meanings (hut, box, square on a draughts-board etc.), but in figurative use the central

idea is usually one of 'prescribed area', an idea well illustrated in the Spanish writer M. de Unamuno's fear of being *encasillado*. English echoes Spanish in a metaphor similar to the one in this story: *salir uno de sus casillas* is equivalent to 'to be beside oneself'.

ISABEL'S SOLILOQUY:
WATCHING THE RAIN IN MACONDO (*García Márquez*)

1. lit., a 'span', i.e. the distance between the tip of the thumb and that of the little finger when the hand is extended.
2. lit., 'he had an entertaining digestion'.
3. lit., 'monotonously, in one tone *or* shade'.
4. lit., 'it had overflowed them'.
5. *Guajiro* is a local term meaning 'peasant' or 'farm-labourer'.
6. The usual meaning of *amanecer* is 'to dawn', and by extension it can be applied to persons or things 'greeting the dawn', i.e. 'awaking'.
7. Balm (*Melissa officinalis*), a medicinal herb.

WELCOME, BOB (*Onetti*)

1. lit., 'without an expression on his face'.
2. lit., 'his blue gaze'.
3. It has sometimes been necessary to insert a word or phrase in order to produce a readable English version.
4. lit., 'trumpets and choirs'.
5. lit., 'stretched out'.
6. The literal translation of the Spanish is very elliptical: 'urge for salvation or leap into the unknown'.
7. lit., 'cleanliness'.
8. lit., 'it does not add nor take away'.
9. lit., 'made, that is to say unmade', a play on words.
10. lit., 'in your extraordinariness'.
11. lit., 'to take advantage of the trap of a facial expression'.
12. The phrase agrees in gender with *venganza* and not with the sex of the writer.
13. The normal Spanish is *mi mujer* or *mi esposa*. The use of *señora* is considered silly and pretentious by educated people, except when referring respectfully to someone else's wife.

14. lit., 'examining the papers and gambling on horse races by telephone'.

THE *ROMERÍA* (*Cela*)

1. *Romerías* are primarily religious processions with their attendant merry-making. They can also be, as here, festive occasions without a religious excuse, a sort of loosely organized local fair.

2. lit., 'to make themselves into tongues', with talking so much.

3. 'Whither arrived every year visitors from many leagues around'. Spanish inversion, common and sometimes obligatory in relative and dependent clauses, is not often easy to reproduce in English: similar necessary alterations in word order are made throughout the story.

4. A direct translation is not possible, for while 'paterfamilias' is similarly pompous in English, it has not the same social overtones. 'Father' captures more of the middle-class atmosphere Cela is mocking so harshly.

5. An indefinite antecedent is often feminine in Spanish; *sonada* is equivalent to 'noised abroad'.

6. This (deliberately weak) pun is not translatable as such; *estar frito* means both 'to be fried' and 'to be impatient'.

7. 'His own', 'his people'; this has the same overtones as 'paterfamilias' (see note 4).

8. lit., 'the man who roasted the lard' – a proverbial figure whose role it is to act as a favourable term of reference when a stupid word or deed is being criticized.

9. 'With which, eking it out, ...' English relies less on relative pronouns of this nature.

10. The mythological basilisk or cockatrice, whose glance could kill a man, still appears in this idiom: 'turned into a cockatrice'.

11. lit., 'a fat bitch': a ten-centimo piece; a five-centimo piece can be known as *una perra chica*.

12. 'One as much as another and the house unswept'; the proverb is usually found in the following longer form: '*Hágamos esta cama; hágase, haga, y nadie comenzaba; unos por otros y la casa sin barrer*' – 'Let's make this bed, may it be made, may it, and nobody began', etc. Cela of course is not offering the proverb as a serious explanation but hinting at the absurdity of the wife's excuses.

13. The main ingredients are cooked pork and beans – i.e. just the opposite of what father prefers in the summer.
14. 'But she did not have a great air of hearing that which is called a truth like a house'; the important thing here is Cela's sardonic tone, achieved partly by excessive periphrasis.
15. In this phrase the original sense of 'the sixth hour' can still be felt.
16. lit., 'a young cockerel'.
17. Strictly speaking, *seguía* in the singular would be more correct.
18. A Mexican song; Cela is not sincere in his praise of their versatility (see note 24); the word is supposed to derive from the French *mariage*.
19. These two proverbs are literally 'in face of what is done, courage' and 'barley on the tail of the dead donkey'; in the second, the idea is that once an animal has died no amount of food will revive it.
20. King Amadeo of Savoy ruled from 1870 to 1873, after the dethronement of Isabel of Bourbon in 1868.
21. i.e. handkerchief for crying into (*lágrimas* – 'tears').
22. lit., 'to pacify bagpipes', i.e. to calm an angry and noisy person by means of skilful and wise observation.
23. lit., 'what cleaners nor what dead child!'; this formula and its variations ('... *ni qué alforja*' etc.) is used to express impatience with a stupid suggestion.
24. Pamplona is of course in the north of Spain and such a song would sound odd sung with an Andalusian accent.
25. lit., 'they're all a gang of Kafirs'.
26. lit., 'she puffed up her gizzard' as a bird would do when excited.
27. A game in which three cards are dealt initially to each player, trumps being shown by a card left exposed on top of the pack.
28. See note 6 of 'The Budget'.
29. *astro rey*: lit., 'king star'.
30. lit., 'that would be fine then', i.e. if everyone gave in to their fatigue.
31. 'Put her ha'penny on spades', 'made her bid', and so 'intervened forcefully'.
32. lit., 'to put such a hike into the children's bodies'.

THE PIGEON (*Martínez Moreno*)

1. *Paloma*: dove, pigeon. In English one refers to the 'dove' as the symbol of the Holy Ghost; a messenger of peace or deliverance (e.g. in allusion to the dove sent to Noah, Genesis 8. 8–12), but 'pigeon' is the more common term for the racing or homing pigeon.

2. *mechinales*: technically 'putlogs': short, horizontal pieces of timber for the erection of a scaffold. It can also mean 'dovecots'.

3. *Pocitos*: coastal town in the suburbs of Montevideo which has become a popular bathing-resort.

4. *la ley Serrato*: an Uruguyan Statute named after José Serratoa, President of the Republic of Uruguay, 1923–27. Under its provisions, retiring civil servants may acquire their own homes through a scheme organized by the Mortgage Bank. The Act is still in force in a modified version brought in by Esteban Elena, but it continues to be known by the name of its first sponsor and its popularity has made it almost a national institution.

5. *guano*: excreta of birds.

6. *mate*: infusion prepared from leaves of a shrub of the genus *Ilex* which grows profusely in certain regions of South America. The beverage is prepared in a gourd, with the leaves, hot water and sugar, and is sipped through a tube. See also note 3 of 'The Budget'.

7. *Paso de los Toros*: a ford across the Río Negro, about 150 miles north of Montevideo.

8. *damero y claraboya*: lit., 'draughts-board and roof-light'. The combination of images is difficult to convey in English.

9. *Wyllis*: an early model of American jeep. The word is now often used more generally.

10. *Sillón de hamaca* or *sillón de mecer* (Amer.; Span. *mecedora*): rocking-chair.

11. *Gardel y Razzano*: popular vocalists of tango music.

12. *Mesa de Liquidaciones*: generic term which refers to any administrative organization where salaries, pensions, taxes, etc. are graded and specified.

13. *veta*: lit., 'vein *or* seam' (of mineral).

14. *maltita*: diminutive of *malta*, a drink brewed from malt and not unlike our stout in taste.

15. *dar por muerto*: (idiomatic construction) to consider or believe dead.
16. *lo había imaginado por su cuenta*: lit., 'he had contrived or imagined it by himself'.
17. *de la cursilería*: pretentious, vulgar, in bad taste.
18. *en sus corridas*: lit., 'in his races or runs'.
19. *a pitadas de rebato*: summoning signal of alarm in time of war or danger.
20. *crisma* (m.): the holy oils of anointment consecrated by Bishops on Holy Thursday for the administration of the sacraments of Baptism, Confirmation and Extreme Unction. But in popular language, as a noun of feminine gender, it refers to the head. Here 'right over your head'.

TALPA (*Rulfo*)

1. A town in the east of Jalisco, a state of central Mexico with a Pacific coastline.
2. The diminutive forms of adjectives and adverbs are used with more frequency in Latin-American Spanish and especially in Mexico. They serve to emphasize the adjective or adverb.
3. A fictitious name, but compare *cenzontle*, the name of a Mexican songbird.
4. lit., 'bear her heart in restraint so as not to feel it moving (or boiling) inside her'.
5. lit., 'close to her mother'.
6. lit., 'spread over his arms and legs'.
7. lit., 'from which there flowed not blood but a yellow thing ...' The *sí* here emphasizes the contrast.
8. lit., 'with a clean account' – as in English 'a clean bill of health'.
9. lit., 'with pushes'. cf. *a estirones*, 'with pulls'. In both cases the plural noun indicates the manner in which the action of the verb is performed.
10. lit., 'we would light ourselves'. *Ocote* is a resinous tree of the pine family used for torches.
11. lit., 'so big' or 'that big'. The phrase could be accompanied by a gesture indicating size.
12. Here *apenas* – 'scarcely' – is not only used as an adjective but also has a diminutive suffix. It is impossible to translate this literally.
13. An old form of *dice que*, usually now meaning 'it is said that'.

14. See note 9.
15. lit., 'full of laziness for walking'.
16. A religious song with which labourers begin and end their work on some Mexican ranches.
17. The penitents would inflict pain on themselves with the cactus leaves as a penance.
18. A town in the east of Jalisco.
19. lit., 'the illumination of so many candles burning there cut off from him that thing with which you know how to grasp what is going on next to you'.
20. *ahuatado* comes from *ahuate*, meaning the hairs found in certain plants such as sugar-cane, or corn; hence 'soft', 'downy'.

refresh yourself at penguin.co.uk

Visit penguin.co.uk for exclusive information and interviews with
bestselling authors, fantastic give-aways and the
inside track on all our books, from the Penguin Classics
to the latest bestsellers.

BE FIRST

first chapters, first editions, first novels

EXCLUSIVES

author chats, video interviews, biographies, special features

EVERYONE'S A WINNER

give-aways, competitions, quizzes, ecards

READERS GROUPS

exciting features to support existing groups and create new ones

NEWS

author events, bestsellers, awards, what's new

EBOOKS

books that click – download an ePenguin today

BROWSE AND BUY

thousands of books to investigate – search, try
and buy the perfect gift online – or treat yourself!

ABOUT US

job vacancies, advice for writers and company history

Get Closer To Penguin . . . www.penguin.co.uk